無職転生
異世界行ったら本気だす
25
理不尽な孫の手
Rifujin na Magonote

ルーデウス
ルイジェルド
エリス
人物紹介

アレクサンダー
マルタ
ドーガ
シャンドル
ザノバ
ガルル

ここが分岐点。

ここで、全力を振り絞り、本気を出せるかどうか、だ。

「……俺は龍神配下、『泥沼』のルーデウス・グレイラット」

「我が名は『北神』

アレクサンダー・カールマン・ライバック！」

無職転生～異世界行ったら本気だす～㉕

CONTENTS

第二十五章　青年期　決戦編　下

「七割の力で生きれば、人生は安定する」

When challenging to exceed one hundred percent, it can grow.

著：ルーデウス・グレイラット

訳：ジーン・RF・マゴット

無職転生

異世界行ったら
本気だす

第二十五章　青年期　決戦編　下

第一話「異変に気づく者」

第二都市イレル。

ビヘイリル王国で二番目に大きい町の片隅にある小さな酒場。

そこでシャンドル・フォン・グランドールは、一人の少年と酒を飲み交わしていた。

「……猿顔の魔族は第二都市イレルから首都ビヘイリルへと向かい、そこで消息を断った、と？」

「そ、かなり特徴的な顔してたっていうし、間違いないと思うぜ？」

「その後は？」

「さぁな……っと、勘違いするなよ。これ以上は本当にわからなかったんだ。こっからは推測だが、あんたらに追われていると知って、うまいこと姿を晦《くら》ましたんだろうぜ」

シャンドルの目の前にいる情報屋は、年若い少年だ。

しかしながら、この少年は誰よりもこの国の噂話《うわさばなし》に詳しかった。

見た目通りの年齢ではないか、あるいは情報屋本人ではなく、駒の一つなのだろう。

「そういやおじさん、こっからは別料金になるんだが、面白い噂があるんだけど？」

少年がふと言い出した言葉に、シャンドルは懐から銀貨を一枚取り出し、彼の前に置いた。

少年は銀貨をサッと受け取ると、素早く懐へとしまう。

「森の悪魔の話って、聞いたかい？」

「森の悪魔？」

「ああ、例の森の悪魔。スペルド族だったんだってさ。最近この国にやってきた冒険者が怒らせて、村が一つ、皆殺しにされたって」

「ほぅ、それは、随分とやべぇ種族が住み着いちまったもんだな」

「近々、国の方から討伐隊が出るって。でも森の悪魔は透明な獣を使役して襲わせるっていうから、どんだけ被害が出ることやら……」

そこから少年の話した内容は、かなり尾ひれのついた噂であった。

確証はないが、誰かが意図的に流したものであろう。

それは誰かとなれば、当然ギースということになるだろうが。

「てわけで、今は討伐隊を募集しているし、あんたらの捜している猿顔の魔族も、それを隠れ蓑《みの》にしてるかもしれねえな」

「なるほど。いろいろ参考になったぜ、ありがとよ」

シャンドルは情報屋に追加で銅貨を支払い、酒場から出た。

時刻はすっかり夜だ。

場末の酒場の周辺は静かだが、どこからか喧騒《けんそう》が聞こえてくる。

「はやくこの情報をルーデウス殿にお伝えしたいところですが……遅いですね」

ポツリと呟《つぶや》く言葉は、夜の虚空へと消えていく。

予定では、今日のうちにルーデウスが二人の兵士を連れて戻ってくるはずだった。

第二都市イレルでシャンドルと合流し、そのまま首都ビヘイリルに向かい、交渉を行う。

しかしながら、ルーデウスは、日が落ちてなお、戻ってこなかった。

それだけならば、シャンドルは気にも留めなかっただろう。

ルーデウスのことだから、二人の兵士に過剰なまでにスペルド族をアピールしており、そのせいで遅くなっているのだろう、と。

「ひとまず、龍神殿に知らせておきますか」

シャンドルはとりあえず、情報を共有すべく自室に戻ることにした。

自室には通信石版がある。これで他の者たちと連絡を取れば、この噂が流れ始めた原因や、ルーデウスが遅れている理由もわかるかもしれない。

(いやはや、世の中は便利になったというか、これが龍神の力なんですかね)

そう思いつつ、某所に設置された通信石版を見る。

「おや?」

先日ルーデウスが使っていた時は、常に青い光を放っていたはずだった。

しかし、それは今、まるでただの石の塊のように見えた。

「……壊れましたかね?」

シャンドルが何気なしにコンコンと通信石版を叩《たた》くと、叩いたところがボロリと崩れた。

「おっと……！」

壊してしまった！　と咄嗟《とっさ》に思ったが、しかし自分が戻ってきた時には、すでに光を失っていたのだから、元々モロくなっていたのだろう、と思うことにした。

「しかし、困ったな……」

シャンドルは魔道具の扱いには自信があった。今までの人生において、尋常ではない数の魔道具を扱ってきたと自負している。が、同時に尋常ではない数の魔道具を壊してもきた。

そして、シャンドルは魔道具の修理には自信がなかった。

「うーん」

直せなければ、情報を確認することもできない。

シャンドルは数秒ほど悩み。

「一旦《いったん》戻るか」

そう決断した。

他の者ならまだしも、自分がこういう時に独断でフラフラと動き回ればロクなことにならないのを知っていた。

彼はその足で、転移魔法陣の設置場所へと向かった。

だが、

「……」

町中の一軒家の地下に設置されたはずの転移魔法陣は、すでに光を失っていた。

ここにきて、シャンドルは警戒のレベルを引き上げた。

連絡用の魔道具が壊れ、移動用の魔法陣が使用不能となっている。

歴戦のシャンドルは、己が罠《わな》にハメられていると悟った。

そして、今ここはお誂《あつら》え向きの袋小路。地下室は狭く、逃げ場はない。

襲撃にはもってこいの場所というわけだ。

今までの経験からすると、上階を爆破しての生き埋めが濃厚か……、いや、それならもっと早い段階で爆破しているはずだった。

となれば、自らの手で確実に仕留めたい、といったところだろう。

「もう、出てきたらどうですか?」

シャンドルは地下室の入り口に向かって話しかける。

閉所かつ暗所、シャンドルが慌ててここから出ようとするところを、出口に待ち構えていてグサリというのが敵の作戦であろう。

シャンドルはそうした襲撃には慣れていた。

「いるのはわかっていますよ」

だから、格好つけてそう言い放つ。武器である棒を出口へと突きつけて。

気配などまるでしなかったが、自分を仕留めに来る者なのだから、それぐらいは当然なのだろうと思って。

「……」

反応はない。

すでにバレているというのに、愚かな奴だ。

「フッ」

シャンドルは鼻で笑い、散歩にでも行くかのような軽い歩調で歩き出す。

しかし、その歩き方は、見る者が見ればゾッとしただろう。あまりの隙《すき》のなさに。

そうしてシャンドルは、地下室から出た。いつ襲いかかられてもいいように、襲撃が来るであろう瞬間を見切ろうと、視線を周囲へと飛ばしながら。

そして、そのまま家屋の外へと出る。

そこには、大勢の戦士たちが待ち構えていた……なんてことはもちろんなく、無人だった。

棒を構えつつ出てきたシャンドルに、往来の人々が怪訝《けげん》そうな視線を送ってくる。

シャンドルはそのまま、道を歩き始める。

両手で棒を構えたまま、明らかに不審な動きで、町の人々も何だ何だと騒ぐが、シャンドルは気にもとめなかった。

そうして、町の出口から外へと出ていく。

門を守る衛兵は、尋常でない彼の動きに、声を掛けることすらできなかった。

あるいは、それでも町の外から来るのであれば、己の職務に忠実な動きでシャンドルを止めようとしたかもしれないが、出ていく者に掛ける声はない。

シャンドルは無事に町の外へと出ることに成功した。

そこでも構えは解かない。

町の城壁が見えなくなるくらいまで歩き、見通しの良い、何もない平原まで到達して、ようやくシャンドルは構えを解いた。

即座に走りだす。

目的地は、スペルド族の村。

間違いなく異変はあった。その異変によって自分が襲われたのでないのなら、別の誰かに何かが起こっているだろうと予測を立てて。

「……いると思ったんだけどなぁ」

ただその顔は、地下室で自分が言い放った言葉を思い出し、若干赤らんでいた。

★
★
★

シャンドルはスペルド族の森へと戻ってきた。

道中、町や村に立ち寄ることはしなかった。転移魔法陣を設置した場所で襲われることはなかったが、それ以外の場所での待ち伏せを警戒した形だ。

それが功を奏したのか、はたまた最初からそんな待ち伏せなどなかったのかはわからないが、シャンドルは問題なく目的地へと到着した。

森を抜け、谷に差し掛かる。

ぞっとするような深さの谷を渡ろうとした時、ふとシャンドルは違和感に気づいた。

「橋が無い……？」

ルーデウスが作ったはずの石橋が、途中から崩落していた。

石橋はかなり頑丈そうに見えたが、所詮《しょせん》は魔術で作った即席の石橋である。シャンドルは魔術に明るくないが、こうした即席の橋が壊れやすいことはなんとなく知っていた。

だから、橋が落ちていることはさほど不思議ではない。

気になったのは、壊れた橋と並んである元からある橋のたもと。そこに、あるものが落ちていること。

剣の鞘《さや》だ。

記憶が正しければ、ビヘイリル王国の正規軍が持っているもののはずだ。

「……なぜこんなところに？」

シャンドルはそこで再び警戒を強めた。

違和感というものは、基本的に気のせいではないと、彼は知っていた。まぁ、読みすぎてハズれる時もあるが、とにかく知っていた。

橋の周囲に何者もいないことを確認しつつ、ゆっくりと橋を渡り始める。

橋の道中で、ふと見慣れたものを見かけた。

ポツポツとある、黒いシミ。血痕だ。誰のものかはわからないが、色合いからすると人族のものである可能性が高そうだと感じた。

それは、どうやら壊れた石橋の方から飛んできたようである。

橋が崩れ、元からある橋のたもとに剣の鞘が落ちている。それを統合して考えるなら、

「ルーデウス殿と兵士たちが橋で襲われた、というところか？」

そう推察したところで、シャンドルは走りだした。

即座に橋を渡りきり、向こう岸へと到着する。

橋の中央で挟み撃ちにされることを恐れたのだが、しかし、橋の向こう側に到達しても、襲撃はなかった。

シャンドルは橋際で数秒ほど棒を構え、周囲を警戒したが、何もないとわかると、また走り始めた。

ここで何かが起こったのは確かだが、自分には情報が足りない。

そう考え、スペルド族の村へと急いだのだ。

スペルド族の村にたどり着いたシャンドルは、まず偵察を行った。

遠方からスペルド族の村を見て、村の中が何者かに占領されていないかを確認。

……しているうちに、中から出てきたスペルド族の戦士に見つかり、村内部の安全が確認できたため、村へと帰還した。

「ルイジェルド殿！」

そうしてシャンドルが向かったのは、まだ病み上がりではあるが、彼が最も信頼できる戦士のと

ころだった。

「どうした？」

ルイジェルドは、ルーデウスの妹であるノルンと共に食事を取っていたが、シャンドルが駆け込んでくると、即座に立ち上がり、そう尋ねた。

歴戦の英雄ならではの切り替えの早さに、シャンドルは胸をときめかせながら聞く。

「ルーデウス殿は？」

「先日、兵士たちを送って村から出立した」

そこで、シャンドルはピンときた。

「第二都市か地竜谷の村か、橋で何者かに襲撃を受けた可能性があり、行方不明です！　捜索隊を！」

「了解した！」

ルイジェルドは槍《やり》を片手に、家から飛び出していった。

「えっ……えっ……？」

ノルンの驚きと、事態に追いつけない戸惑いの声を聞いたシャンドルは、柔らかく微笑《ほほえ》んだ。

「ご安心を、ノルン殿。兄上はかの龍神の右腕、そう簡単にやられるとは思えませぬ。きっと襲撃を生き延び、どこかに隠れていることでしょう。必ず助け出してみせます！」

「えっ、あ、はい」

困惑するノルンに言葉を掛けると、シャンドルは村の広間へと足を進める。

すると、仕事が早いことに、すでにルイジェルドは五人の戦士を集めたところだった。

「行けるぞ」

「参りましょう」

戦士たちもまた、ノルンと同様に困惑を隠せない様子だった。

だが、そこはさすが戦士というべきだろう。文句の一つも言わず、シャンドルたちに追従した。


森の中を走る。

道中で何匹かの透明狼《インビジブル・ウルフ》と遭遇したが、スペルド族の戦士たちは一切の苦戦すらせず、道中の小枝でも払うかのように蹴散らして進んだ。

そうして、あっという間に谷へとやってきた。

ルーデウスの作った、何の変哲もない石橋。

それを見た時、ルイジェルドが眉をひそめた。

「争った痕跡があるな。橋も落ちている」

一目見てわかるとは、さすが歴戦の英雄だとシャンドルが胸をときめかせていると、ルイジェルドはハッと目を見開き、橋の中腹へと駆け寄った。

そこにあったのは、小さな血痕。道中でシャンドルが見つけたのと同じものだ。

「ルーデウスのものだ」

「となると、やはりここで襲われたと？」

ルイジェルドはその問いに答えず、橋のさらに奥、地竜谷の村へと続く橋の向こう側へと向かった。

そして、橋の終わりに差し掛かると、膝をついてしゃがみ、じっと地面を見る。

「ルーデウスの足跡がないな」

シャンドルはその言葉を聞いて、自《おの》ずと谷の方を見た。

橋の途中で襲われ、橋の終わりにはルーデウス以外の二人の足跡しかない。

となれば……。

「殺され、落とされたと」

「……」

ルイジェルドの険しい顔で、その可能性が高いことを察した。

「……」

仮に死んでいないとしても、この下には地竜《アースドラゴン》がひしめいている。いかにルーデウスが強力な魔術師だとしても、一人でここを上がってくるのは不可能に近いだろう。

どうするか、とシャンドルが思案したところで、ふとルイジェルドが崖の縁にしゃがみ、そこから足を下ろし始めた。

「何をなさるおつもりで？」

「決まっている」

「……気持ちはわかりますが、このメンツでは谷に下りたとしても上がってこられません」

いかに歴戦の英雄とはいえ、この地の底は地竜《アースドラゴン》の巣窟《そうくつ》。行けば遭難は確実。無駄に命を落とすことになるだろう。

「ではどうするつもりだ！」

「……」

ルイジェルドの怒鳴り声に、シャンドルは思案する。確かに、悩むところだ。

そもそも、ルーデウスがこの谷に落ちたと決まったわけではない。

二人に担がれ、地竜谷の村の方へと向かった可能性とて、捨てきれないわけではない。

わずかな可能性ではあるが。

「……あ」

そこで、ふとシャンドルはあることを思い出した。

このようなことにならぬよう、保険をかけておいたはずだ、と。

「この橋に来るまでの足跡は、いくつありましたか？」

その言葉に、ルイジェルドは「なぜそんなことを」と怒りのこもった視線を向けつつ、答えた。

「四つだ」

その言葉を聞き、シャンドルは周囲を見渡す。

なんでもない森の風景。

木々が倒れるでも、大地がえぐれるでもない、のどかな森の景色。

それを確認した上で、走りだす。彼が向かった先は、橋の向こう側。村側にある橋の降り口。

シャンドルはそこで地面を注視し、一つの足跡を発見する。

一般的な男性よりも大きな、しかし人族の枠組みからは決して外れない、特徴ある足跡。

それを見つけた時、シャンドルはルイジェルドに振り返った。

「改めて確認しますが、血痕はルーデウス殿のものだけだったのですね？」

「ああ」

「なら、大丈夫でしょう」

シャンドルは、そう結論づけた。

「なに？」

「ひとまずルーデウス殿のことは放っておきましょう、恐らくこの後、敵が来ますので」

シャンドルがその言葉を発した瞬間、ルイジェルドは彼の胸ぐらを掴《つか》んでいた。

「ルーデウスを見殺しにするつもりか？」

「いいえ」

シャンドルは平然と答える。

「私が保証します。必ず、ルーデウス殿は戻ってくる、と」

その確信に満ちた言葉は妙な説得力にあふれており、ルイジェルドは困惑したまま、しかしゆっくりと手を離すのだった。

第二話「地竜谷の底」

目が覚めると、白い場所にいた。

俺の体は前世のものへと変わっており、そう気づくと同時に無力感が襲ってくる。久しぶりの感覚だ。そして、この感覚とともに、敗北感も湧き上がってきた。

俺は、負けたのだ。

ルイジェルドという餌に釣られ、ビタを倒したことで油断を誘われ、ビヘイリル王国に渡りをつけて、ギースに居どころを知られ、結果として、元剣神と北神の二人を自らの懐に呼び込んだ。

挙げ句、一人になって、前後を挟まれ、あのざまだ。

思い返してもため息が出る。

「……」

ギースは、よく見ているよな。

腕を根元から斬り落とせば魔術が使えないなんて、俺ですら知らなかった。

場所の選び方もうまい。

確かに、橋の上じゃ、一式は呼び出せない。予《あらかじ》め、ああいう地形を選んで戦いを開始するように、って決めてあったんだろうな。今は、魔法陣を広げなくてもどうにかなるシステムをロキシーが作ってくれたけど、ギースはそれを知らないし……。

二式改なら、あの二人で戦えば負けないだろうしな。

もっとも、あの二人自身も、橋が二式改の踏み込みにすら耐えられないとは思わなかったみたいだが。

でも、そう考えてみれば、下に逃げ場はあったんだよなぁ……。

「……」

結局、ギースはどこにいたんだ？

ビヘイリル王国の国王に化けていたってところかな？

声が違ったけど……ギースのことだから、声真似ぐらいできるだろうし。

なんだったら、ヒトガミの助力があれば、どうにでもなるだろうしな。

「……」

待てよ。怪しいといえば、シャンドルも怪しいな。声も顔も体格も、ギースと似ても似つかないけど、魔道具か、魔力付与品《マジックアイテム》があれば変えられる可能性もありそうだし。

最初からアスラ王国に潜り込んで、黄金騎士団長とやらを拘束した、とかかな。やけに情報収集が手馴《てな》れていたし、可能性は高いよな。

「……」

にしても最近、こういうのが多いな。

夢を利用しての精神攻撃。冥王ビタもそうだった。

あ、もしかして、お前もスライムみたいな姿をしているのか？

そのモザイクみたいな姿は、別に姿を隠しているとかじゃなくて、元々そんな姿だとか？

「……」

なー、おい。

そろそろなんか言えよ。

一人で喋《しゃべ》ってるのは馬鹿馬鹿しいだろ。俺が負けたんなら、笑いながら種明かしでもしろよ。

お前の役割はそういうのだろ。肩をポンと叩《たた》いて、ご苦労さん、頑張ったけど僕の勝ちだ、残念だったね、デュフフ、とか言うんだろ？

ほらこいよ。最後にぶん殴ってやる。

「…………死ねよ」

だから、死んだんだろ。

ていうか、どうしたのヒトガミちゃん？

今日はなんだか、モザイクのキレが悪いよ。なんか落ち込んでる？

「お前が動く度に、僕の未来が変わっていく」

そりゃそのために動いているしな。

「僕は、自分の未来は常に見れるんだ。ずっとずっと先の、自分の未来が見れるんだ」

ああ、知ってるよ。

未来視だろ。確か、三人まで……ん？　三人目は自分の未来を見てるとか？

「三人？　本当はもっと見れるさ。でも、自分の未来からは、目が離せない。だから、三人なんだ」

……自分の未来を見るのに、大半の力を使ってるってことか？

「僕の未来は、真っ暗だ。ある瞬間から、暗くなった」

お先真っ暗、てか。

「最初はオルステッドだけだった。でも、オルステッドは雑魚だ。僕の敵じゃない。あんな短絡的な馬鹿には、絶対に負けない」

馬鹿って……。

まぁ、オルステッドも、ちょっと抜けてるところあるよな。この間も、スペルド族のこと、黙ってたし……俺も人のことは言えないけど。

「でも、ある瞬間から、オルステッドの隣に、一人の男が立つようになった。僕の知らない男だ。全然違う。恐らく、この世界の人間じゃないんだ。その時は、ちょっと暗くなっただけだった」

あー。

もしかして、それってナナホシの彼氏じゃないか？

名前は……忘れたけど。

「でも、すぐに、他の奴が増えた。女の子だ。それから僕の未来は暗く、静かになっていった」

「お前が動く度に、オルステッドの周りに仲間が増える」

「その度に、僕の未来は暗くなる」

「もう、真っ暗だ」

じゃあ、俺がやったことは、無駄じゃなかったってことかな？

「いや、全部無駄だよ。無駄にしてやる」

憎々しげだ。

でも、もう死んだんだとすると、できることもないしな。

「お前が死ねば、まだ間に合う。所詮《しょせん》は一人が作った未来だ。強い運命を持つ人間を殺せれば覆る。

今まで、僕はずっとそうやってきた」

いっそ、命乞いでもしようか……？

土下座して、家族の命だけはどうにかしてください、って言うの。

ま、そういう状況なら、もう無理だろうけど。

「死ね」

「死ね、死ね」

死ね死ねって小学生かよ。

「死ねよ、ルーデウス」

話、聞けよ。

★ ★ ★

目が覚めた。

寝覚めは最悪だ。

こう、ああも真正面から死ね死ねと言われると、やっぱり嫌な気分だな。

でもまぁ「死ね」と言えども「殺してやる」と言わないところが、ヒトガミの人頼みぶりがわかるというか、なんというか。

あくまで自分は手を下さない。上から指示を与えるだけ。嫌な奴だ。

それにしても。

「生きてるのか」

確実に死んだと思った。

魔導鎧《マジックアーマー》『二式改』は、高い強度を持っているが、俺は生身だし、気絶していた。

その上、あの高さだ。俺の体が落下の衝撃に耐えられるとは思えない。

しかし、こうして目覚めた以上、耐えられたのだろうか。

何かがクッションになったとか？

木々があったようには見えなかったが……。

ともあれ、丈夫に産んでくれた、おパウロさん、おゼニスさん、ありがとう。

「……ん」

体を起こす。

周囲は薄暗い。洞窟《どうくつ》だろうか。

ふと違和感があった。今、体を起こす時に、何を使っただろうか。

腹筋に力を入れて、肘をついて……。

「あれ？　腕がある」

ガル・ファリオンに両方とも斬り落とされたはずの腕が、なぜかくっついている。

俺に自己修復機能はないはずだが……と、そう思いつつ、じっと手を見る。

「おあ！　なんだこれ……」

俺の手は、真っ黒だった。

黒曜石のような漆黒の腕だ。しかし、神経でも通っているかのように、自在に動く。

視線を二の腕まで上げてみると、黒い腕は、肩のあたりで植物のように根付いていた。

ちょっと気持ち悪い。

ていうか、どうやら魔導鎧《マジックアーマー》二式改も脱がされているようだ。

足パーツもない。下はパンツ一丁だ。

ついでに言うと、体中に包帯が巻かれていた。

脇腹のあたりに血が滲《にじ》んでいる。応急処置だろうか。治癒魔術の使えない奴に助けられた、ということか。とすると、この腕も、そいつのお陰……か？

「……あ」

周囲を見渡していると、俺の服がたたんで置かれていた。

その上には、なんと、腕がゴロンと置いてあった。

生首ならぬ生腕だ。あ、この腕、俺のだな。龍神の腕輪がはまってる。

「痛っ……」

慌ててそこに移動しようとして、体中に痛みが走る。

すぐさま治癒魔術を唱えて、傷を癒《いや》した。そして、腕輪を生腕から外して、黒い腕にはめた。

効果……あるよな？

「ここはどこだ？」

口に出しつつ、立ち上がってみる。

同時に、手のひらに火を出して、周囲を照らす。

広さは五メートル四方。壁は土。天井があるところを見ると、やはり洞窟か。

洞窟の最奥、そこに、布か何かが敷かれており、その上に寝かされていた。

この布は……マントか？

「……」

ひとまず、位置を確かめるべく、洞窟の出口へと向かう。

洞窟は湾曲しているが、すぐに光が見えた。出口だ。

しかし、出口には何者かが立っていた。

巨大な背中。体に見合った、大きな鎧《よろい》。

彼は俺が近づくと、ゆっくりと振り返って、兜《かぶと》の面頬《めんぼお》を上げた。

するとそこから、見覚えのある顔が現れた。

「ドーガ……」

「……うす」

「お前が、助けてくれたのか？」

「……橋が落ちてるの見て、すぐ、飛び込んだ。ルーデウス、気絶してた。運ぼうとしたけど、鎧、重かったから、脱がせた。ここ連れてきて、手当てした」

助けてくれたらしい。こんな、谷の底に飛び込んで……。

うう、ごめんよドーガ。影が薄いとか、役に立たないとか言って。

「そうか、ありがとう、君は命の恩人だ。ごめん、一人で動いて。油断したよ」

「……うす。シャンドルの、命令だから」

ドーガはそう言って、ゆるく笑った。

言いつけとはいえ、彼はずっと、俺を守ろうとしてくれていたのだ。

いい奴じゃないか。二人の兵士を守ろう、なんて考えていた俺が馬鹿らしい。

「この腕も、お前が？」

黒い腕を持ち上げてみると、ドーガは首を振った。

「見つけた時、ルーデウス、繭みたいに、なってて、開けてみたら、繭、腕になった」

……？

繭になってて、繭が腕になった？　腕は繭として、じゃあ、その繭はなんだよ。

こんな腕がくっつくようなもの、持ってたっけか。

そう思いつつ腕を見ると、ドーガがすまなさそうな顔をした。

「元の腕、一本は、見つけた。もう一本は、探したけど、なかった。食べられたかも。ごめん」

「あ、いやいや、いいんだよ」

治癒魔術で、また生えてくるからね。……この黒い腕がはずれれば、だけど。

「ここはどこなんだ？」

「谷の底、一番、深いところ」

「そうか…どれぐらい経《た》った？」

「わかんない。ここ、太陽、昇らない。二日か三日以上は、経ってると思う」

そう言って、ドーガは体をずらした。

すると、俺の目に、光が飛び込んでくる。

薄ぼんやりとした、やや青い光。

洞窟の外には、光る苔《こけ》や、光るキノコのようなものが、びっしりと生えていた。それが、周囲を光らせているのだ。

しかし、目についたのはそれだけではない。

洞窟の外。洞窟の入り口を塞《ふさ》ぐかのように、三つの死骸があった。

甲羅を持つ、恐竜のような生物。

地竜《アースドラゴン》だ。それが、なぜか三匹も、死骸となって転がっていた。

「……これは、お前が？」

「うす。オレ、ルーデウス、守った」

見れば、ドーガの斧《おの》には、真っ赤な血が付いている。

地竜《アースドラゴン》の血液か。

それにしても、一人で倒したのか。

凄《すご》いな。ちょっと、ドーガを甘く見ていたかもしれない。ていうか、北神カールマンだか、ガル・ファリオンだかが言ってたな。

「お前、北帝なんだっけか？」

「うす。師匠には、まだ、未熟だって言われるけど。魔物、倒す、得意」

誰だよ、ドーガは使えないとか言ってた奴は。アリエルは、きちんと使える戦力をよこしてくれてたじゃないか。すいません、俺です。正直、ナメてました！

「そっか……凄いな」

「うす」

褒めると、彼はまた、嬉《うれ》しそうに笑った。

しかし、ドーガが北帝だとすると……。

「シャンドルは？」

「…………オレ、言えない」

「そっか」

まぁ、心当たりはある。帰ったら問い詰めよう。

「さて、ここから脱出しないとな」

とにかく、今は戻ることが先決だ。

元剣神……いや、ガル・ファリオンはすでに剣神ではないが、実力は健在だ。以後も剣神と呼称しておこう。北神だって二世とか三世とかいるわけだし、別に剣神と呼んでも差し支えなかろう。

剣神に北神。敵は強大で、姿を隠している。もしかすると、俺がやられたことを、まだ誰もしらないかもしれない。

そして、彼らが敵だとすると、討伐隊は来る。スペルド族を滅ぼす意志を持った連中が、来てしまう。

討伐隊の百や二百はどうとでもなるが、その中にあの二人が隠れているとなれば話は別だ。止めなければならない。

「……ひとまず、俺が落ちていた場所に案内してくれ。鎧を回収したい。まだ使えるスクロールもあるかもしれないからな」

「うす」

頷《うなず》いて歩き出したドーガ。俺は、その頼もしい背中を追いかけた。

★

★

★

魔導鎧《マジックアーマー》のところまでは、比較的すぐに到着した。

途中で倒した地竜《アースドラゴン》は二匹。どちらも、ドーガが一撃で倒した。

一撃である。

突進してきた地竜《アースドラゴン》を待ち構え、巨大な斧をブンと一振りするだけで、地竜《アースドラゴン》の頭が爆《は》ぜた。

実に頼もしい。

透明狼《インビジブル・ウルフ》との戦いを思い出すと、搦手《からめて》は弱いようだが、パワー対決なら負けなしと見た。

まぁ、ドーガはいいんだが……。

「うーん……」

魔導鎧《マジックアーマー》は、ざっくりと切れていた。特に、背中のスクロールバーニアは壊滅的だ。スクロールの束の全てが真っ二つになっている。しかも、俺の血がバーニア内に飛び散ったのか、ぐっちゃぐちゃだ。これでは使い物にならない。

剣神クラスとなると、魔導鎧《マジックアーマー》ですら防具として役に立たないのだろう。

しかし、剣の方がモロかったのだろうな。剣が鎧の中ほどに食い込んだまま、途中でポッキリと折れている。

見たところ、普通の剣だ。

ガル・ファリオンは魔剣の類《たぐい》をたくさん持っているというが、カモフラージュのために持ってこなかったのだろう。

もし、これが奴の愛剣だったら、鎧などでは止まらず、俺ごと真っ二つだったろうな。

ぞっとしない話だ。

もっとも、そんなものを持ってくれれば、さすがにオルステッドかクリフが気づくか……。

「これは、もう使えないな」

ロキシーが作ってくれたスクロールバーニアは打ち捨てるしかないようだ。

せっかくロキシーに作ってもらったのに……せめて、あとで回収に来よう。

しかし、鎧本体の方は、まだ動く。

完璧とは言えないが、腕パーツは一つ残っているし、脚パーツに関しては無傷だ。

にしても、召喚スクロールが使えなくなったのは痛いな。

あの二人と戦うのに、魔導鎧《マジックアーマー》一式なしでは相手になるまい。

スペルド村に戻ったら、すぐにでも事務所にとって返して、予備を取ってこなければなるまい。

そんな暇が、あればいいが。

「………ん？」

魔導鎧《マジックアーマー》からスクロールバーニアを取り外すと、突き刺さっていた剣先と共に、スクロールの一つが、ポトリと落ちた。

いや、これはスクロールじゃない。

箱だ。バーニアの中に、ちょうど空きがあるから、と入れておいた箱だ。

大きさは国語辞典ぐらい。禍々《まがまが》しい悪魔の文様が刻まれた、開けると呪われそうな箱だ。

「アトーフェからもらった、箱……」

窮地に陥った時に開けろと言われていた、箱。

剣は、その箱に食い込む形で折れたらしい。箱には中途半端な切れ込みが入っていた。

「……」

俺は恐る恐る、箱を開いて中を見た。

中身はなかった。空っぽだ。

いや、蓋《ふた》の裏に何かが書いてある。

『この黒い肉塊は不死魔王アトーフェの分体である、窮地に陥った時に開けば持ち主を守るだろう。丁寧に扱うように』

黒い肉塊……そう思いつつ、腕を見る。

……もしかして、この腕がそうなのか？

開いた覚えはないが、ガル・ファリオンの攻撃で亀裂が入り、そこから俺の危機を察して、落下から守り、腕に寄生して、止血してくれたと……。

そういうことなのか？　だとすると、お礼は言っておかないと。

「アトーフェ様……ありがとうございます！」

答える者はいない。

だが俺はそう決めつけて、心の底から、あの暴力的な魔王に感謝した。

東に向かって、叩頭礼《こうとうれい》。今はまだ移動中だろうが、もし会ったら、美味《おい》しいお酒を献上させてもらおう。なんだっけ、あの中二病みたいな名の酒を。

「さて、戻るぞ」

戦いは近い。早く帰らなければならない。

★
★
★

と、カッコつけてはみたものの、崖を登ることができなかった。

土魔術を使ってある程度登ると、キノコと苔の地帯はなくなり、周囲は真っ暗闇となった。

そんな真っ暗闇の中、俺たちに襲いかかってきたのは、地竜《アースドラゴン》の群れだ。

右から左から、次々と襲いかかってくる地竜《アースドラゴン》。

その圧倒的な物量を前に、俺たちは撤退を余儀なくされた。

土魔術で作った足場は不安定な上、暗闇の中を十四以上の地竜《アースドラゴン》が、ヤモリのように飛びかかってくるのだ。

それだけならまだなんとかなったが、地竜《アースドラゴン》は当然のように魔術を使ってきた。

上下左右に加えて、壁からも無数の土槍《アースランサー》が打ち出されては、突破は困難だ。

さすがは、ドラゴンというべきか。

「ふぅ……」

その後、何度かあれこれと試してはみた。

カタパルト射出で一気に上に行こうとしてみたり、土魔術で俺たちの姿を隠しつつ、上がってみたり。

しかし、どれも地竜《アースドラゴン》に邪魔された。

地竜《アースドラゴン》は意外に俊敏で、実にしつこかった。

カタパルト射出は途中で迎撃されたし、姿を隠していても、結局は襲われた。

ついでに、一度ロックオンすると、俺たちをどこまでも追ってきた。

もっとも、キノコと苔の生えているあたりまで戻ってくると、大半が追撃を諦めた。

どうやら、このあたりは苦手としているらしい。

このキノコがダメなのか、それとも縄張りとは考えていないのか。

それでも数匹は追撃してきたから、絶対に無理ということでもないのだろう。

「どうしよう……ていうかドーガ、お前、よく降りてこれたな」

「……うす。降りる時、あんまり、襲ってこなかった」

「そうなのか……いや、そうだったな」

地竜《アースドラゴン》は、上からの相手には鈍感で、下からの相手には敏感だ。

そういう知識はある。だが、実際に目の当たりにしたのは、今が初めてだ。

本当に過剰だ。敵を目にした雄鶏《おんどり》みたいな勢いだった。

いっそ、広範囲の魔術で吹き飛ばしてやろうか。

いや、仮に吹き飛ばしたとしても、瓦礫《がれき》で埋まるだけか。

谷は広く深い。地竜《アースドラゴン》は自在に土魔術を使える。何十匹かを消したところで、あまり意味はないだろう。

これからカールマンやガル・ファリオンと戦うというのに、無駄な魔力を、しかも大量に使いたくもない。

かといって、まごまごしていると、彼らの凶刃がスペルド族の村に向くかもしれない。

スペルド族ではなく、別の方向に向いてもおかしくはない。

少なくとも、ザノバの居場所はバレているだろう。

すでにやられてしまっているかもしれない。

焦りはある……が、落ち着こう。焦っても事態は好転しない。

しかしどうしたものか、千里眼で上を見てみても、地竜《アースドラゴン》たちはまだ下に降りた俺たちを警戒しているし。

「どこか、地竜《アースドラゴン》が手薄な場所はないか、探してみるか」

「……うす」

そうして、俺たちは歩き始めた。

苔とキノコのお陰で、足元は暗くない。

襲いかかってくるのは地竜《アースドラゴン》だけではない。人と同じぐらいの大きさを持つカミキリムシやムカデのような虫も俺たちを襲ってくる。

どうやら地竜《アースドラゴン》は、この虫を食って生きているらしい。

先ほども、目の前で一匹の地竜《アースドラゴン》が虫を咥《くわ》えて、上へと登っていった。

かと思うと、上で死んで落ちてきたと思《おぼ》しき地竜《アースドラゴン》が、虫に集《たか》られている光景もあった。

餌は下にいて、上からは滅多に何かが降りてくることはない。

となれば、地竜《アースドラゴン》が下しか警戒しないのもわかる。

この場所だけで、妙な食物連鎖が出来ているようだ。

「……」

しかし、歩いていて思ったことがある。

「この道、歩きやすいな」

谷底の道は、思った以上に平坦《へいたん》だった。

でかいキノコや、落石と思しき石のせいで塞がれているところもある。

しかし、全体的に平坦で、実に歩きやすい。この歩きやすさ、どこかで感じたことがある気がする。

「……うす、赤竜の顎《あご》、こんな感じ」

「ああ！」

オルステッドとの心温まる嫌な思い出が残っている、あの！

そういえば、確かにこんな感じだ。

赤竜の上顎、下顎、聖剣街道。キノコや落石でわかりにくいが、あのへんを歩いている時も、こんな感じだった。

「じゃあ、誰かが作ったってことか……？」

でも、あれらの道に魔物はいなかった。てことは、誰かが作って、この地に地竜《アースドラゴン》を呼び込んだ……。

いや待て。

確か、竜を中央大陸に呼び込んだのは、ラプラスだって話じゃなかったか。

てことは、この道も、ラプラスが作ったのだろうか。

何のために？

「……」

わかるはずもない。

そんなことより、登る場所だ。

こう、地形的に地竜《アースドラゴン》が巣を作っていない場所はないのだろうか。

先ほどから千里眼で上の方を見てはいるが、谷の岩壁の耐久性が心配なくらい穴が開いている。

さながら隙間《すきま》なく建設された高層ビル街のようだ。

あの穴全部に地竜《アースドラゴン》が棲《す》んでいるわけじゃないとしても、相当数の地竜《アースドラゴン》がいるのは間違いない。

千か、二千か。

その中でも、特に下っ端のやつが、下に降りて、餌を探すのだ。底にそれだけ大量の地竜《アースドラゴン》を食い支えられるだけの餌があるとも思わないが、しかし、この世界では餌の数と魔物の数が合っていないことなど、日常茶飯事だ。

……そのへんをうまいこと利用して、上に登るというのはどうだろうか。

いや、どう利用しろっていうんだ。

一度落ちたら、こうも上がれないのか。

地竜の谷。落ちるなとは言われていたけど、ちょっとナメてたかな……。

「ルーデウス」

「ん、敵か？」

また新たな虫でも出てきたのかと構えたところ、ドーガが真横を指さしていた。

その方向には、壁があるだけだ。

いや、違う。キノコの陰になって見えにくいが、穴がある。

穴自体は、底の方でもちょこちょこと開いているのだが、その穴は、ちょっと他とは違った。

階段だ。

階段がついていたのだ。上にではなく、下に降りる階段である。

「……」

これ以上、下に行けというのか。

そんな思いが脳裏をよぎった。

「お？」

が、次の瞬間、俺の手が勝手に動いた。

右手が、穴を指さしたのだ。まるで、ここに入れとでも言うかのように。

「アトーフェ様、こちらに出口が……？」

アトーフェの分体は答えてくれない。

だが、指さしている。手甲《てっこう》がはまっていないほうの腕で。

「……そうだな」

歩き続けても、登れる場所は見つかりそうもない。

この谷だってどこまでも続いているわけじゃない。ずーっと進んだって、行き止まりに到達するだけだろう。そこで引き返して、反対側を探すのも手間である。

なら、道中で気になったものは、全て調べてみるのがいいんじゃないだろうか。

「降りてみるか」

「うす」

ドーガは迷いなく頷いた。彼も、この階段を見て、何かを察したのかもしれない。

俺たちは、暗い階段を降り始めた。

★
★
★

階段を降りた先には巨大な祭壇があった。

巨大な祭壇……それ以外に何と表現すればいいだろうか。

キノコと苔で覆い尽くされた、巨大な空洞。そこを支えるかのように立つ、彫刻で飾られた二本の柱。その間には石を切り出したような台があり、台の奥には、これまた細緻《さいち》な彫刻を施された壁画のようなものが飾られている。

壁画に描かれているのは、ドラゴンだろうか。

いろいろごちゃごちゃと描かれているが、暗くて見えにくい。

しかし、こういうのはどこかで見たことがあるような気がする。

どこだったか……あ、

「ここは龍族の遺跡……か？」

そうだ。転移遺跡。あそこの感じに、よく似ているのだ。

さらに言うと、この彫刻や壁画の感じも、空中城塞《じょうさい》で見たものに似ている。

となると、ここに転移魔法陣があるのだろうか。

だが、仮にあったとしても、賭けになるだろう。どこに飛ぶかもわからない転移魔法陣に乗って、どこに行こうというのか。俺が行きたいのは、真上だというのに。

いや、決めつけるのは早い。

見たところ、この祭壇のある部屋以外に部屋はない。

それに、アトーフェハンドが指しているのは、そうしたものではない。

壁画の方だ。壁画の下にある、小さな石棚だ。

いや、壁画が大きいお陰で小さく見えるだけで、石棚は別に小さくもないのだが。

アトーフェの手は、間違いなく、そこを指していた。

「……」

ふと、アトーフェの顔が浮かぶ。

あの頭の良くない魔王さまの導きに従っていていいのだろうか。そんな不安が、一瞬だけ走る。

しかし、足は動いた。

アトーフェハンドの指さすまま、棚の前に立つ。

そこには、いくつか瓶《びん》が並んでいた。

透明度が低く、口の開いた瓶だ。

さらに、棚の中央には、透明度の低い水晶玉のようなものが固定されている。

「まさか、お酒でも入ってるんじゃないでしょうね」

そう思いつつ、瓶の一つを持ち上げてみる。

竜の文様が刻まれた瓶だ。きっと、ザノバあたりに見せれば、その価値について語ってくれるだろう。ちなみに中身は空だった。

「……で、これをどうするんです？」

アトーフェハンドに問いかける。

返事はない。

だが、その代わりにアトーフェハンドは、その手を伸ばした。

瓶をスルーして、透明度の低い水晶へと。

そして、その水晶の上に手を載せたところで、俺に主導権が戻ってきた。

「……」

なんだろう。

何をしろというのだろうか。瓶に、水晶に、祭壇。なんか、ＲＰＧをやっていたらいきなり謎解きが始まった感じだ。ヒントが欲しい。

「ルーデウス、あれ」

ふと、ドーガが後ろで、俺の頭上を指さした。

見上げてみると、祭壇を支える巨大な柱の上の方が、青く光っていた。

いや、違う。

柱が光っているのではない、柱の上の方から青く光る何かがしみ出しているのだ。

そして、それはみるみるうちに下に降りてきて、祭壇の下にあった、受け皿のような場所に溜《た》まった。

どうやら、この水晶球は――というか、祭壇全体が魔道具だった、というところだろうか。

青い水を吐き出す魔道具。

しかし、この光、どうにも周囲の苔やキノコを連想してしまう。

「で、この水がなんだってんだろう」

飲めとでもいうのだろうか。

体に悪そうなカラーだが……。

いや、瓶が一緒に置いてあるということは、この水をどこかで使うのかもしれない。

この瓶に水を入れて、どこかにある装置に流し込むと、装置が動いて扉が開き、伝説の剣が手に入るとか。剣はいらねぇが。

「これ、じゃないか？」

ドーガが指をさした場所は、壁画だった。

そこには、巨大な壁画が描かれている。

人と地竜《アースドラゴン》が描かれた絵だ。水晶球を動かして魔道具を起動させると、青い水が流れ込む構造だったのか、その青い光で、全容が露《あら》わになっている。

壁画は、青い水の流れを示しているようだ。

一番上には祭壇があり、そこから出た青い水を人が瓶で汲《く》んでいる。

そして、瓶を持った人が、周囲の人間にそれを振りかけている。振りかけられた人間は、剣や槍《やり》を持って、地竜《アースドラゴン》と思しき生物に後ろから襲いかかり、狩っていた。

と、パッと見て判断するに、この水が地竜《アースドラゴン》を狩るための役に立つ、ということだろうか。

絵の脇には文字も書いてあるようだが、読めない。

龍族の文字とも、少し違うように見える。

「あ、でも……」

しかし、ふとあることが思い当たった。

地竜《アースドラゴン》は、谷の底までは降りてこない。

青い苔、青いキノコ。そして、青い水。

もしかすると、かつてここに人が住んでいたのではなかろうか。その人々は、この青い水を使い、地竜《アースドラゴン》を遠ざけていた。地竜《アースドラゴン》は、青い水に入っている成分を嫌う。そして、青い苔やキノコにも、その成分が入っている。

しかも、壁画を見ると、人々は地竜《アースドラゴン》の後ろから、それも斜め下から襲いかかっている。

あの敏感な地竜《アースドラゴン》の、斜め下だ。

……もしかすると、見えないのだろうか。

地竜《アースドラゴン》は、この青い光を放つものが見えない。

だから、底にはあまり降りてこない。そして体中に振りかければ地竜《アースドラゴン》の目に入らない、とか？

「……これ、やってみるか？」

ドーガに振り返り聞いてみる。

説明はしなかった。

「うす」

だが、ドーガは当然とばかりに、頷いた。

★★★

しばらく後、俺たちは谷の上にいた。

脱出したのだ。地竜の谷を。

「はぁ、娑婆《しゃば》の空気がうめぇ……」

洞窟から出た俺たちは、青い水をまんべんなく体に振りかけた。

その後、土魔術を使ったエレベーターで、ゆっくりと自分たちの体を持ち上げてみた。

あんまり速いスピードで動いたら見つかるかも、という不安から、ゆっくりとだ。

ビンゴだった。

地竜《アースドラゴン》は、青い光を放つ俺たちを見ても、何の反応もしなかった。

見えていないのか、あるいは食べ物として認識できないのか。

岩壁に張り付いたまま、身を寄せ合って、じっとしているだけだった。

そして、ほんの小一時間。

ゆっくりとエレベートさせ続けた結果、夜空が見えた。

現在時刻は夜だったらしい。月明かりになぜか感動しつつ、俺たちは谷の縁に降り立ったのだ。

「やったな」

「うす！」

ドーガの背中を叩くと、彼も嬉しそうに頷いた。

少々手間取ったが、脱出成功だ。

すぐにスペルド族の村に戻り、例の二人のことを伝えなければならない。

第三話「勝機を見る」

俺が戻ってきた時、会議は白熱していた。

「敵はすぐそこまで迫っています、それに対する準備をしなければなりません」

「だから、先にルーデウスを捜しに行くべきだって言ってるでしょ！」

叫ぶような大声を張り上げているのはエリスで、彼女と言い合っているのはシャンドルだ。

ロキシーの姿もある。

「彼にはドーガがついています。いずれ戻ってきます。その間に、戦力の整理や、罠《わな》の設置を……」

「あのでくのぼうがなんの役に立つっていうのよ！」

「あれでいて、腕は立ちます」

「大体、腕が立つっていうなら、なんであんたが一緒にいなかったのよ！」

「ぐっ……それは……」

議題は、今後のことだろうか。

俺を助けに行くか、それとも、俺が勝手に戻ってくると見込んで、敵を迎え撃つか。

そんなところか。

エリスは、俺を助けに行くことを主張しているらしい。ありがたい話だ。

「もういい、私一人でも下に降りるわ！」

エリスが我慢できずに立ち上がり、バッと振り返った。

そして、俺と目が合う。

「下に降りるなら、キノコの陰にある階段から祭壇に降りて、青い水を手に入れると捗《はかど》るよ」

「ルーデウス！」

攻略情報を教えてやると、エリスが抱きついてきた。痛い痛い、背骨が折れちゃう。

「心配したわ！」

「ごめん」

見ると、ロキシーをはじめ、他の面々もほっとしているようだ。

俺が生きてるってだけでこの反応。ありがたいねぇ。

「……ところで、何ですか、その腕は」

「ああ、これか……いや、まとめて説明しよう。けどその前に……」

そう言いつつ、俺は周囲を見渡した。

そこに座る一人の男を視界に収める。

「あんた、何者だ」

俺はシャンドルを見ながら、そう聞いた。

★　★　★

北神カールマン二世。

アレックス・ライバック。

王竜王を倒し、巨大なベヒーモスを倒し、各地で数々の武功を打ちたて、七大列強の一人にまでなった、かの北神英雄譚《たん》の主人公その人。つい百年ほど前まで、世界最強の剣士とも言われていた、北神流の最高峰。

シャンドルは、そう名乗った。

俺は、正直あまり驚かなかった。なんでそんな人物が、と思うところはある。

しかし、頭の大部分が納得していた。オルステッドが俺につけつつ、しかし黙っていた理由。

アリエルがギレーヌやイゾルテよりも先に送り込んできた理由。ドーガが北帝だった理由。

北神カールマン二世。

納得だ。

「どうして黙っていたんですか？」

「万が一に備えて……ヒトガミは人の心を読みますが、こちら側の者が私をカールマンと知らねば、存在を隠せる。行動もしやすくなりますしね」

なるほど。

谷に落ちた際にヒトガミにこちらの情報はあらかた抜かれたと思うが。

しかし、カールマンがこちらの陣営にいるという情報は向こうにわたっていない、ということか
……いや、でもシャンドルとかドーガの心を読めるなら、あんまり意味なくね？

「……本当に？」

「いえ、本当は少し、ピンチになってから明かせばかっこいいかなと思っていました」

「よろしい」

カッコつけて失敗する。よくあることだ、本当にね。

「結局、ドーガが北帝とバレていたのだから、無駄だったのでは？」

「ええ……ドーガは、あまり知られていない北帝だったのですがね」

もし俺が二人を強者だと知っていれば、それこそ二人の存在から隠れるように行動したろうに。

いや、そうなれば、あの二人も、また別の行動を取ったか。

「何にせよ、これからは頼りにさせてもらいます。アレックスさん」

「無論です。ああ、でも、これからもシャンドルとお呼びください。今はそちらで通しておりますので」

シャンドルの正体を確かめた後、それぞれが持つ情報の統合に入った。


十日ほど前、俺は剣神ガル・ファリオンと北神カールマン三世を連れてこの村に来て、そして谷に落とされた。

谷の底では気づかなかったが、かなりの時間、気絶していたようだ。

その翌日か二日後。正確な時間はわからないが、近隣の転移魔法陣と通信石版が光を失った。

エリスとロキシーはそこで異変を察知。俺と合流すべく、スペルド族の村に来たというわけだ。

スペルド族の村でも、魔法陣の光が消えたことは察知していた。

しかしながら、俺が動いていると信じ、ひとまずは様子見。

俺が行方不明である、と判明したのは、真っ先に戻ってきたシャンドルの情報からだ。

シャンドルは、ルイジェルドたちと俺の捜索を行い、その結果、ドーガが俺を追って谷に飛び込んでいったと推測。ドーガに任せて、敵の襲撃を警戒することにしたらしい。

なぜ敵の襲撃を警戒したかといえば、彼が情報屋から仕入れたある情報が理由だ。

情報屋によると、なぜか森の悪魔がスペルド族であり、彼らが近隣の住民を皆殺しにしたとかいう根も葉もない噂《うわさ》が流れているそうだ。

それを受けて、国はスペルド族に対し討伐隊を組織することを決定したらしい。

「なるほど……ね……」

その情報の裏付けとして、エリスとロキシーの情報がある。

エリスとロキシーが到着したのはつい昨日だという。

本来なら、四日程度の距離であるにもかかわらず、その行程に十日ほどかかっている。

これは、彼女らが首都を経由した時に、ちょうど式典が行われていたことに起因している。

その式典とは、討伐隊の出発式だ。

首都では、スペルド族を討伐するという決定に、お祭り騒ぎのようになっており、そんな中で、早めの討伐隊出発式が行われていたというのだ。

本来なら、もう少し後に行われるはずだったものだ。

恐らく俺を谷に落としたと報告を受けたギースが、早めに動かしたのだろう。

オルステッドの腕輪が外れたことで、ヒトガミに俺の生存はバレている。

なら、俺が谷から上がってくる前に、さっさとオルステッドを襲おうとしたのかもしれない。

ロキシーとエリスは、その早すぎる討伐隊の出発に対し、偵察を行い、それにより、討伐隊に剣神と北神が参加していることを確認した。

しかし、偵察しつつも、二人は常に疑問を持ち続けていたという。

ルーデウスが交渉にあたっていたはずなのに、なぜこんなことになっているのか。

なぜルーデウスの姿は見えないのか。

そんな風に考えているうちに、討伐隊はあれよあれよという間に、首都から出発してしまった。

ともあれ、二人は討伐隊を警戒しつつ追跡した。

行くところなどわかっているが、せめて何か情報を、と思ってのことだ。

だが、彼らが第二都市に入ると、これ以上の追跡は危険だと、ロキシーが提案。町を大きく迂回《うかい》し、森を通過してスペルド村を目指した。

その後、当然のように迷い無駄に日数を使ってしまったが、無事にスペルド村へと到着した。


というわけだ。

ちなみに、スペルド村に到着した時、エリスとルイジェルドの間で、感動の再会があったそうだ。

ルイジェルドを見た途端、エリスは彼に飛びつきたい衝動に駆られたという。

自分は強くなったのだ、見てほしい。そんな思いが、体中を駆け巡ったのだろう。

だが、彼女はぐっと我慢した。

今はもう、自分は子供ではない。

ルイジェルドに戦士と認められてからずっと、エリス・グレイラットは戦士だ。戦士として、師匠であるルイジェルドに対し恥ずかしくない行動を取らなければならない。

そう自分に言い聞かせ、いつものポーズを取って、言ったのだ。

「久しぶり、変わらないわね、ルイジェルド」

「ああ、エリス。お前は大きくなったな」

「当たり前よ」

エリスとルイジェルドが交わした会話は、それだけ。

それだけでエリスは懐かしく、そして誇らしい気持ちになれたそうだ。

かつては見上げなければいけなかったルイジェルドと、同じぐらいの目線になった。

そして、ルイジェルドと共に、肩を並べて戦える。

そう、エリスはドヤ顔で語っていた。

「もう、あまり時間はありません。恐らく、今頃は討伐隊がこちらに向かっています。鬼族《おにぞく》の戦士たちが増援として現れるのも、そう遠い未来ではないでしょう」

「なるほど。では、俺の方からも報告です」

俺の方でも報告をする。

あの兵士二人が剣神と北神だったこと。俺も使っていた指輪を使って変装していたこと。そして、恐らくギースもそれで変装しているため、見つからないこと。谷に落とされたが、アトーフェハンドとドーガが間一髪助けてくれたこと。その際、オルステッドの腕輪が外れ、ヒ・ト・ガ・ミ・に・見・ら・れ・た・こと。

最後に、谷から脱出し、戻ってきたところまで、だ。

「ルーデウス」

全てを話し終わった後、エリスが低い声で言った。

「ガル・ファリオンは、私がやるわ」

エリスは俺の腕の付け根を見ながらそう言った。

「……まぁ、そのへんも含めて、話し合おう。仇《かたき》を討ってくれるのは嬉《うれ》しいけど、一人で突っ走らないように。俺みたいになるからね」

さて、整理しよう。

まずギースだが、討伐隊をある程度操れる位置にいたのは間違いあるまい。

最有力候補としては、国王に化けていたってところか。

使徒は誰だかわからないが、ギース側にいるのは剣神、北神、鬼神《きしん》の三人。

剣神と北神は、変装の指輪の力でスペルド村を偵察し、鬼神はギースと共に事務所を強襲して、俺たちから逃げ場を奪った。

そして、現在彼らは、討伐隊約百名と共に、このスペルド族の村へと向かってきている。

「……」

鬼神マルタ。

そんなものが、シャリーアに送り込まれた。

改めてそう考えて、心中に絶望のようなものが広がっていく。

「我が家はどうなったんだ……？」

俺の言葉に、ロキシーは目を伏せ、エリスは腕を組み、シャンドルは困ったように顎《あご》を撫《な》でた。

「鬼神が事務所だけを破壊して帰ったのか。それとも、シャリーアも攻撃して帰ったかは、わかりません」

俺は考えてみる。

もし、自分ならどうするか、と。

今、シャリーアはもぬけの殻だ。ルーデウスも、オルステッドもいない。鬼神に対抗できるような人物は、誰一人として存在しない。

放置？　するわけがない。

仮に戦力がない状態でも、ダメ元で攻めるだろう。

「……」

沈黙が場を支配した。オルステッドも怖い顔をしてる気がする。

ヘルメットでわからないが、いつも怖い顔をしてる人だし。

「おっと、これは皆様お集まりのようですな？」

と、そこで入り口付近から声がした。

振り返ると、そこには奴がいた。

「ザノバ！」

そういえば彼もいた。

いや、忘れていたわけじゃないさ！　もちろんね！　ちょっとその、家の方が心配だっただけで。

「師匠、遅れました。ただいま到着致しました」

「いや、大丈夫、俺もいま来たところだ」

ザノバの後ろには、ジュリとジンジャーの姿もある。

二人はボロボロだ。あちこちに擦《す》り傷があり、疲労で目の下にクマができている。

魔力が枯渇寸前といった風情だ。

「道中、見えぬ魔物に手こずりましてな。スペルド族の方々に助けてもらわねば、危ないところでした」

「なるほど。わかった、二人には休んでもらって……いや、話は聞いてもらったほうがいいな。隅の方でいいから、座って休んでくれ」

俺がそう言うと、ジュリとジンジャーは無言でよろよろと講堂に入り、柱のあたりに腰を下ろした。

即座にロキシーが近寄り、治癒魔術をかけ始める。

「さて、ザノバ、状況はどこまで把握している？」

「概《おおむ》ね。しかし最初から説明していただけると、ありがたいですな」

ということなので、最初から説明してやった。

同じことを説明するのは実に面倒だが、仕方ない。

情報の共有こそが大事なのだから。

「――というわけで、今はこっちに向かってくる討伐隊と、シャリーアがどうなっているのかが心配だ」

「ふむ」

全てを説明したところで、ザノバはフッと笑った。

笑う要素なんてあっただろうか。

まさか、「自分の家族はすでに全員こっちにいるので安全ですな、ハハハ」とか言うんじゃあるまいな。

「そのことですが、ここに来る途中、森の中で七大列強の石碑を見つけましたので、ペルギウス様の配下、アルマンフィ殿に確認を取ってもらいました」

「おお！」

喜色を浮かべ、立ち上がったのは、俺ではない。

彼は周囲の視線を浴びると、すぐに着席した。シャンドルである。

「失礼、それで？」

「師匠の家族は無事だ、と」

周囲にほっとした空気が流れた。

そうか、無事か。レオが仕事をしてくれたのか。それとも、何者かによって守られたのか。魔法大学を有するシャリーアに攻め入るのは危険と判断したのか。どれでもいいが嬉しい知らせだ。

「しかしながら、ペルギウス殿が加勢してくださるとなれば、一気に形勢は逆転ですね」

シャンドルがやや興奮の面持ちで周囲を見渡す。

が、ザノバの顔はやや暗い。

「いえ、ペルギウス様は、この戦い、見物に留《とど》める、とおっしゃったそうです。加勢は期待できないかと」

「そんな! こういう時にこそ、あのお方は強いのに!」

シャンドルが大げさとも言える態度で、のけぞった。

それほどまでに、この男はペルギウスが好きなのだろうか。

いや、シャンドルは北神二世だ。

北神一世とペルギウスは『魔神殺しの三英雄』として旧知の仲だろう。

なら、シャンドルはペルギウスとも、面識があるかもしれない。

自分の父親世代に英雄と呼ばれているような相手なのだから、憧れていてもおかしくない。

それはさておき、確かにシャンドルの言うとおりだ。ペルギウスと十二の配下の力は、今のように情報がわかりにくい時にこそ重宝する。

最強の偵察兵である光輝のアルマンフィと、情報共有能力を持つ轟雷《ごうらい》のクリアナイト。

二人を組み合わせるだけで、相手の情報は筒抜けになり、情報は一瞬で全ての仲間へと通達される。ペルギウスの伝説でも、そうして敵軍を丸裸にしていた。

無論、それだけではない。他の配下の力は、痒《かゆ》いところに手が届くものばかりだ。

しかし、加勢できないと言ってるなら、仕方あるまい。

オルステッドも、ペルギウスには力を借りない方針だ。

「鬼神マルタは乱暴だが優しい男だ。非戦闘員を襲うことはない」

ぽつりと呟《つぶや》いたのは、オルステッドだ。

「もし、行ったのがガル・ファリオンか北神カールマン三世であれば、シャリーアも襲っただろう」

オルステッドの言葉は静かだが、よく響いた。

若干のエコーがかかって聞こえるのは、ヘルメットのせいだろうか。

「だが、ギースは臆病だ。二人を使って、俺の姿がここにあると確認したが、それでもここに転移魔法陣があり、俺が事務所に戻っている可能性を捨てきれなかったのだろう。ゆえに鬼神を使ったのだ。鬼神であれば、俺も倒すのに少々の時間がかかる。その間に、ギース本人か、あるいは別の誰かが魔法陣を破壊してまわる計画だったのやもしれん」

それが、オルステッドの見解らしい。

なるほど。鬼神を連れていったのは、あくまで安全策か。その安全策によって、俺の家族は守られた。というより、そもそも最初からシャリーアの方を襲うつもりはなかったのかもしれない。

俺が先、家族は後、と。

そこで、シャンドルが一つの疑問を挟む。

「では、なぜ三人で行かなかったのでしょうか」

「それは恐らく、ガル・ファリオンと北神カールマン三世の目的が、ギースのものと違うからだ」

剣神と北神の目的。

そう言われ、周囲は首をかしげる。しかし、かしげなかった者が一人。エリスだ。

「……ガル・ファリオンは、あんたと戦いたいのね」

「アレクサンダー・ライバックもだ」

オルステッドはスペルド族の村にいる。

それがわかっているがゆえに、二人はシャリーアではなく、こちらに残った。

そういうところから、ギースがあの二人の手綱を握りきれていないことが、なんとなく見えてくる。

やろうと思えば、地竜谷の底に降りて、俺を殺すことだってできたはずなのだ。

なんたって、北帝のドーガでも降りることができたんだから。北神であるアレクサンダーだって可能なはずだ。

ヒトガミとギースの思い通りに、動いていないのだ。あの二人は。

「なんにせよ、家族の無事がわかって安心しました。もっとも、これから剣神、北神、鬼神の三人がここに攻めてくるようなので、安心はできませんがね」

神級三人に加えて、討伐隊百人。

対するスペルド族側の戦力は、動けるスペルド族の戦士が十数名。

そして、ここにいる面々。

オルステッド、ザノバ、ジンジャー、ジュリ、ノルン、クリフ、エリナリーゼ、ルイジェルド、ロキシー、エリス、シャンドル、ドーガ。

村には、スペルド族の女や子供、医師団が滞在している。医師団はともかく、討伐隊はスペルド族を標的にしている。攻め入られれば、皆殺しにされかねない。

「……」

ジンジャー、ジュリ、ノルンは戦力外だろう。

クリフも……戦闘ではあまり役には立つまい。

オルステッドだが、彼も戦力外だ。オルステッドの魔力は、ほぼ回復しない。使えば使うだけ目減りしていく。俺は元々、それを補填《ほてん》するためにオルステッドの配下になったようなものだ。

戦いがあるからといって、先生お願いします、とはいくまい。

どうしても、となったら出張ってもらうしかないが、神級の一人や二人ならともかく、三人まとめてとなれば、相応の魔力を使ってしまうだろう。

そうでなくとも、いまだにギースの姿も確認できていない。

まだ予備の戦力が残されているかもしれない。それに、俺がギースなら、真正面からぶつかってあっさり負けるだろう奴をそのまま送り込んだりはしない。

確実に、何かしらの策を与えているだろう。

オルステッドは、切ってはいけない切り札だ。切ったらその場は乗り切れるが、最終的な敗北をもたらす切り札だ。

どうしてもという場合を除いて、引っ込んでいてもらったほうがいいだろう。

神級三人。

オルステッド抜きと考えると、決して楽な戦いではない。楽な戦いではないが……。

しかし勝てないほどではない。

こちらには、剣王エリス、北神シャンドル、北帝ドーガと強い戦力が三人。彼らをサポートするように俺とザノバとルイジェルドの三人が動けば……楽な戦いではないが、逃げるにしても戦うにしても、絶対に無理ということはない気がする。

この総力戦……ギースにしては、少々不用意な気もする。

現在、こちらの戦力はスペルド村に集中している。

俺がいないと思っているならまだしも、落ちた時に、ヒトガミに生死は知られた。

俺も、オルステッドもいる。そんな状況で、総力戦を挑むものだろうか……。

いや、冥王ビタがいたか。

本来なら、ギースは冥王ビタを利用し、ルイジェルドを俺の敵に回す心づもりだったのだろう。

そう考えれば、ビヘイリル王国にのこのことやってきた俺を騙《だま》し、変装した剣神や北神、鬼神と共にスペルド族の村に到着、神級三人に冥王ビタとルイジェルドを加えた三～五人で確殺。

という想定だったのかもしれない。

うん。そう考えると、相手の手駒が少ないように見えるのは、俺がうまいこと立ちまわったからだ、と言えるかもしれない。

運が良かっただけとも言えるし、どいつが使徒で誰が使徒じゃないかはわからないが、ギースがガル・ファリオンや北神カールマン三世の手綱を握りきれていない感じは、情報からも伝わってくる。

そんな彼らを、ギースがいかにして動かしたか。

例えば、ギースが何らかの条件を提示し、彼らがそれに承諾して動いていたとしたら。今回、無理にでも攻め込んできたのは、その口約があるからだろう。

そして、その条件は、先ほどの話でも出ている。

俺を襲った二人の狙いは、オルステッドと戦うことだ。二人はオルステッドの姿を目視し、すでにやる気満々なのだ。

ギースが用意したのは、その舞台。

そうだ。さらに言えば、ギースは俺が谷に落ちた、と聞いてからすぐに動いているように思える。

予定では、鬼族の戦士団に合わせて出発するはずの討伐隊の出発式を前倒しにしてまで。それは、谷から上がるのが大変であることを知っているから、俺がいない間に決着をつけようとした、と考えられる。

俺が死んではいないことを知ったギース。

即座に討伐隊を動かし、オルステッドに大打撃を与えようとしたのだ。

俺が谷から脱出する前に。

だが、俺は間に合った。戦闘前に帰還し、今の状況に落ち着いた。

シャンドルの正体が気づかれていない可能性もある。ついでに、ヒトガミのあの余裕のなさとなれば……。

「……これは、勝機かもしれないな」

俺がそんな言葉を呟いた時、部屋に一人の若者が入ってきた。

白い槍《やり》を持つ、スペルド族の戦士だ。

「討伐隊が来ました。半日の距離です」

間に合いはしたが、しかしギリギリだったようだ。

★　★　★

地竜の谷。

谷幅は平均四百メートル。広いところでは五百を超えるが、狭いところでは百程度。

スペルド族は、その最も狭いところに橋を架けて、森の向こう側へと行き来していた。

そして、この橋には、透明狼《インビジブル・ウルフ》が嫌う香草がすり潰《つぶ》されて塗りたくられている。

敵の数は多く、道はここだけ。川とは違い、簡単に渡れるものではなく、確実に足が止まる場所だ。橋を落としてしまえば、さらに時間稼ぎもできる。その上、森の中と違って障害物がないため千里眼が使え、俺の射程圏内だ。

「橋は、残しておきましょう」

そんな提案のもと、橋は残された。

もし、敵が渡ってきたら、落としてしまえばいい。下に落ちたら、そうそう上がってこられないのは、体験済みだ。

地の利はある。

罠を張る時間はなかったが、俺たちはここで敵を待ち受けることにした。

ひとまず、メンツは六名。

俺、エリス、ルイジェルド、ザノバ、シャンドル、ドーガ。

この六人で、神級三人を相手にすることになる。スペルド族の戦士たちは、主に討伐隊を相手にしてもらうことになるだろう。

ロキシーはやってもらうことが一つあるため、後方に配置。

エリナリーゼと、スペルド族の戦士数人はロキシーの護衛にあたる。

クリフと、残りのメンツは、村の防衛だ。

まぁ、典型的な、戦士を前衛に、魔術師を後ろに配置した形だ。

いざとなれば、怪我人を村に運び、治療して前線に戻すこともできる。

治療といえば、アトーフェハンドは、しばらくそのままにしておくことにした。

今は時間も、ロキシーやザノバが持っているスクロールも有限だ。

この腕は、俺の生の腕よりも性能がいいようだし、ひとまず動くならそのままにしておいて、戦いが終わった後、治癒魔術のスクロールで治療すればいいのだ。

ま、せっかくの魔王様からのプレゼントだ。

存分に使わせてもらおう。

★　★　★

半日後、討伐隊百名強と橋を挟んで相対することとなった。

橋の向こう、ビヘイリル王国側の先頭に立つのは、三人の男だ。

腰に一本の剣を差した、中年男性。

剣神ガル・ファリオン。

すでに剣神の座自体は他人に譲り渡し、もうかなりいい歳だが、その剣技に衰えがないことは、俺が身をもって証明している。元だの前だのと付けたら、油断してしまうのではないかと、躊躇《ためら》うほどに。

背中に一本の大剣を背負った、一人の少年。

北神カールマン三世アレクサンダー・ライバック。

七大列強の一人ではあるが、彼の実力のほどは未知数である。

そして、三メートル近い背丈と、大木のような巨体を持ち、鈴のようなものがついた首輪と、虎柄の腰ミノを身につけた赤い鬼族。

鬼神マルタ。

彼がなぜウチの家族を襲わなかったのか、オルステッドは予想したが、真意はわからない。

その点についてはお礼の一つも言うべきなのかもしれないが……そのつもりはない。

奴は事務所を襲った。

なら、事務所にいた長耳族《エルフ》の受付嬢は、絶望的だろう。

確か名前はファ……ファラリス……？　いや、えっと、うん。そんな感じだったはず。

結局、名前も覚えてやることができなかったが、仇ぐらいは取ってやりたい。

「ギースの姿は、見えませんね」

残念ながら、近くに猿顔の姿は見られない。

近くにいて、姿を隠しているのか、あるいは第二都市イレルで待っているのか。

少なくとも、千里眼で見える範囲にはいない。

もし、手綱を握りきれていないなら、ギースのことだ、今回は諦めて逃げた可能性もあるか。

討伐隊の面々は、スペルド族の戦士たちを見て恐れているように見える。

緑の髪に、白亜の槍。お伽話《とぎばなし》に出てきた悪魔そのものの格好だ。

もしこの戦いに勝てたら、ビヘイリル王国でもルイジェルド本を売りまくってやる。

「恐れることはない！」

討伐隊とは違い、神級の三人はスペルド族の戦士にも恐れる様子はなかった。

「数はこちらが圧倒的に上だ！」

特に、アレクサンダーは、元気いっぱいだ。

拳を振り上げて、こちらにすら届く声で周囲を鼓舞し、士気を上げている。

確かに数は討伐隊の方が上だ。

でもここは森の中で、こっちはスペルド族だ。むしろ、有利ですらある。

全員が剣を抜き、明確な敵意を持った目で、谷の先にいる二十名弱を睨《にら》みつける。

そして、アレクサンダーもまた、背中から剣を抜き放った。

「我が名は北神カールマン三世アレクサンダー・ライバック！　僕に続け、共に栄誉を勝ち取るのだ！」

「……！」

そして、アレクサンダーは叫びながら、吊《つ》り橋《ばし》の上を走り始めた。

それを見たシャンドルが、とっさに叫んだ。


「今です！」


次の瞬間、俺の腕が動いた。

両手から岩砲弾《ストーンキャノン》が射出される。

岩砲弾《ストーンキャノン》はまっすぐに飛び、吊り橋を付け根から破壊した。

さらに、ルイジェルドも動く。彼らは手前側。橋を吊っていた蔓《つる》を、白亜の槍にて両断した。

「ああぁっ!?」

誰もがそれを呆然《ぼうぜん》と見ていた。

落ちる橋。そして、橋と共に奈落へと落ちた北神カールマン三世を。

呆然と見ているしかなかった。

声を出したシャンドルですら、呆然としていた。

まさか。まさか、そんな。そんな馬鹿な……いや、だがこの高さから落ちたのなら、助かるまい。

……アレクサンダーなら大丈夫か。でも、助かっても、しばらくは登ってこられないはずだ。

「…………ま、まずは一人？」

その言葉に、歓声を上げる者はいない。非難するような視線を送る者もいない。誰もが、今、目の前で起きた光景が、目に焼きついていた。

……今がチャンスだ。

俺は両手に魔力を込めた。今、この場で攻撃ができる人間はそう多くない。

やろう。

左手を天に掲げる。膨大な魔力を天へと捧《ささ》げ、雷雲を作る。荒れ狂う魔力を右手にて押さえつけ、圧縮。落とす。

「『雷光《ライトニング》』！」

轟音《ごうおん》を鳴り響かせて、稲妻が落ちた。

視界が真っ白に染まり、遅れて轟音が響き渡る。崖の向こうに土煙が舞った。木々が炎に包まれ、メシメシと音を立てて倒れていく。

どれだけの被害を与えたのかはわからない。

ただ、手応えはあった。

手が震えるほどの手応え。人を殺した感触。それをぐっと呑《の》み込んで、俺は再度、両手に魔力を込める。

「もう一発……」

そう思った、次の瞬間。土煙から、何かが飛び出してきた。

赤い塊。

ふわりと、遠くから見ると音もなく、飛んでいるようにすら見える跳躍。だが、その速度と質量は圧倒的だった。

みるみるうちに赤い塊は肉薄し、着弾した。着弾としか、言いようがなかった。

砲弾が落ちたような音と土煙が舞う。

着弾位置は、俺たちのやや右の方。土煙の中から、二人の男が姿を現す。

「……」

赤い肌の鬼族と、四十代の人族。

鬼神マルタと、元剣神ガル・ファリオン。

二人が谷を飛び越えてきたのだ。走り幅跳びで百メートルジャンプ。さすが七大列強と言うべきか。

「さて……俺様の相手は誰だ？」

獰猛《どうもう》に笑う狼《おおかみ》。

俺と相対した時の、あの気の抜けた感じとは違う。今、彼は明確な殺意と覚悟を持って、ここに立っている。

その腰にあるのは、きらびやかな鍔《つば》を持つ、一本の剣。

魔剣だろう。俺の背中の装甲に留められたものとはわけが違う。知らず、背中に冷や汗が流れる。

「私よ」

当然のように前に出るのは、赤い狂犬。

腰に差したるは二本の剣。腕を組み、威風堂々たる立ち姿で、ガル・ファリオンに立ち塞《ふさ》がった。

「だろうな。他には？」

「俺です」

俺がそう名乗り出ると、ガル・ファリオンはハッと笑った。

「なんだ、ホントに元気そうだな」

「お陰さまで、健在です」

「チッ、だから最初に首を落としとけばいいって言ったんだよ」

その悪態は、誰に向けて言ったものか……ギースだろうな。

「……」

そして、もう一人。名乗りはしないが、俺の隣に緑の髪と白亜の槍を持つ、歴戦の勇者が立っている。

また三人だ。

エリスと、ルイジェルドと、俺。三人で、戦う。

『デッドエンド』の再来だ。

三対一だが、文句はあるまい。

本来なら、俺とシャンドルでアレクサンダーの相手をするつもりだったが、あんなアホな行動をして落ちたほうが悪い。

「……」

鬼神の方はシャンドル、ザノバ、ドーガの三人だ。

鬼神の戦いは肉弾戦が中心と聞く。ザノバとドーガはパワータイプにはめっぽう強い。

北神カールマン二世であるシャンドルも、大型の敵とは戦い慣れていると聞く。

相性は抜群だ。

勝てる。

もしかすると、誰かが犠牲になるかもしれないが、それでも、この二人は、倒せる。

「――――とうっ！」

そう思った瞬間だった。

俺たちの背後から、掛け声が聞こえた。

とっさに振り返ると、崖から何かが飛び上がるところだった。

何かではない。

今しがた落ちたばかりの、黒髪の少年。

「ハァ……ハァ……」

彼は汗を拭《ぬぐ》いつつ、剣を高らかに空へと掲げた。

芝居がかった口調で、彼は宣言する。

「我が名は北神カールマン三世！　呪われし悪神、オルステッドを倒し、英雄となる者だ！　その道を阻む者よ、かかってくるがいい！」

まさか……まさか、駆け上がってきたのか？　あの谷の底から……？

いや、崖とはいえ、完全に垂直ではない。俺だって、魔術でも使えれば、途中で止まって、すぐに戻ってくることができる。それともあの剣でも壁に刺しながら、底から走って登ってきたのか……。

これも、さすがは七大列強とでも言うべきなのだろうか。

「……仕方ありません。ルーデウス殿、この阿呆《あほう》は私とあなたでやりましょう」

「はい」

シャンドルの言葉に頷《うなず》く。

エリスとルイジェルド、三人で戦えないのは残念だが、仕方ない、予定通りだ。

「あの剣にお気をつけください。あれは世界最強の剣です」

北神の持つ剣といえば、たった一つだ。かの王竜王を倒した時に作られたという、伝説の巨剣。

『王竜剣』カジャクト。

「……なんで」

しかし、その持ち主は、剣を掲げたままポカンとした顔で、こちらを見ていた。

「なんで、ここにいるんだ？」

北神カールマン三世。

アレクサンダー・ライバックは震える声で、俺を見る。

フフ、谷の底に落ちたのに死んでいなくて、それどころか、戻ってきていて、そんなに不思議かい？　ギースから生存について聞いていたようだが、信じていなかったようだな。

けど、谷に落ちるってのは、生存フラグでな……。

あれ？

俺の方、見てなくない？

アレクサンダーの視線の先は俺の後ろ。

シャンドルだ。彼の方を見ている。まあ、そうでしょうけども。

「父さん！」

その叫び声が、戦いの合図となったのか、それとも時間の問題だったのか。

「ウオオオアアアア!!!」

次の瞬間、鬼神マルタが咆哮《ほうこう》を上げながら、振り上げた両手を地面に叩《たた》きつけた。

大地が隆起し、崖が崩れ、木々がなぎ倒される。

その衝撃に押し流されるようにして、戦いが始まった。

第四話「狂剣王VS元剣神」

エリスたちは、気づけば谷から遠く離れていた。

鬼神《きしん》が動いた次の瞬間、ガル・ファリオンが戦場から離れるように走りだしたからだ。

「この辺がいいか」

「……」

ガルが止まったのは、森の中でもやや開けた場所であった。

時間にして、約一分。しかし、ガルの足は速く、谷からはかなり離れてしまっている。

エリスは、ルーデウスと距離が離れたことにやや不安を覚えたが、すぐに目の前の敵に対して、意識を集中させた。

「鬼神は暴れだしたら見境がねえからな。邪魔されんのはごめんだ」

ガルはそう言って、改めてエリスと向かい合った。

「……」

しかし、剣は抜かない。

まるでお前ごときには素手で十分だと言わんばかりに。

エリスの目から見ても、隙《すき》の多い立ち姿である。

対するエリスは、愛剣『鳳雅龍剣《ほうがりゅうけん》』を大上段に構えている。

しかし、目の前にいるのは仮にも元剣神である。エリスはその隙を攻めるべきか否《いな》か、少し決めかねていた。

「……お前、元気そうだな」

意外であった。

意外にも、ガルは言葉を発した。否、ガルも人間。言葉を発するのはおかしなことではないはずだ。

だが、それでも、このような状況になったにもかかわらず、この男が剣ではなく、言葉で対話をしようとしたのが、エリスには意外でならなかった。

「……」

訝《いぶか》しげに首をかしげたエリスに、ガルはハッと笑う。

「ジノって憶《おぼ》えてるか？　ジノ・ブリッツ」

「……いたわね。パッとしない奴だったわ」

その答えに、ガルはまた、ハッと笑った。

「そう。年齢の割には強かったが、パッとしなかったアイツだ」

ガルはそう言って、空を見た。

風で木が揺れ、さわさわと葉のこすれあう音が聞こえる。

鳥や、小動物の気配はない。

ただ、遠くから木々の倒れる音や、何かが破裂するような音が聞こえる。

鬼神か、あるいは北神の戦う音だろう。

その音に乗って、ガルの言葉が流れてきた。

「今はあいつが剣神だ」

「……………知ってるわ」

「そうか。知ってるか……案外耳ざといな。いや、実際に会いにでも行ったか？　まぁ、ともあれそういうこった。俺はあいつに剣神の座を譲った」

エリスは目の前の男を仲間に引き入れるべく、ルーデウスと共に剣の聖地に赴いた時のことを思い出した。

その時、ジノ・ブリッツとは、会っていない。

だから剣神ガル・ファリオンが今は剣神じゃない、そう言われても、エリスにはピンとこない。

ただ憶えているのは、剣の聖地がまるで知らない場所のようで、少なからずショックを受けたということぐらいだ。

「あの野郎、なんなんだろうな。いきなりニナと結婚する、とか言い出しやがってよ。それで、ニナと結婚したけりゃ俺様より強くなれ、なんて言った途端……強くなりやがった」

そう言うガルは実に愉快そうだった。

口角を上げ、ニヤニヤと笑いつつ、当時のことを思い出している。

「一瞬だったぜ。あんなに速くて重い剣は、俺様の若い頃でも、一度か二度か……いや、俺様より上だったかもしれねぇ」

ガルは何かを思い出したのか、中空で手をブンと振った。

衝撃波すら発生しそうな速度で振られた手刀。その手刀を返そうとして、ピタリと止まる。

「この俺様が、二太刀目を振れねぇんだぜ？ 意味がわからねぇ」

そして、腕を組み直した。

「生まれた時から最強だった俺様にゃわかんねぇが、やっぱり普通の奴には、そういう瞬間があるんだろう。一皮むける瞬間がな……」

もう一度空を見上げ、ガルは言う。

いや、もう最強じゃねえか、と口の中で呟《つぶや》きながら。

「何にせよ。アイツは欲しかったもんを全て手に入れた。惚《ほ》れた女に、剣神の座……剣の聖地では、今や誰もがあいつを認めている。剣神といえばジノって時代も、そう遠くはねえだろう」

そこで、ガルはエリスを見た。

ようやく、彼女を真正面から視界に入れた。

「それに対してお前はなんだ？」

「……何がよ」

「男をこしらえた挙げ句、敵だった龍神オルステッドに尻尾振ってやがる」

ハッ、とガル・ファリオンは笑うが、そこに笑顔はない。怒りが篭《こ》もっているとも言える顔で、エリスを睨《にら》みつけた。

「俺様は、お前に託したんだ。龍神オルステッドっていう、絶対的な何かを打倒する夢をな」

「今考えると馬鹿馬鹿しい。なんでそんなことをお前なんかに託したのか」

「すっかり牙が抜けちまいやがって。ハッ、何が狂剣王だ。お前のどこがそうだってんだ？　男を手に入れたのはいいにしても、三番目だ？　そんなもんに満足してんのか？」

矢継ぎ早に繰り出される言葉。

しかし、エリスの耳には響かない。だからなんだとしか、言いようがない。

知ったことではない。お前に何かを託された覚えなど、ない。

ゆえにエリスはこう答える。

「……あんたは、腰抜けになったわね」

剣神の瞳孔が、キュッとすぼまった。殺気が凝縮され、腕へと向かう。

「お前は破門だ」

「どうでもいいわ」

「剣王なんて、二度と名乗らせねぇ」

「やれるもんなら、やってみなさいよ」

エリスはすでに臨戦態勢だ。

むしろ、なぜ今までこんな言葉遊びをしていたのかと疑問に思う心すらある。

「勝てるつもりか？」

「当たり前じゃない。あんたみたいな雑魚、一撃であの世に送ってあげるわ」

「ハッ……雑魚なんて呼ばれたのは、人生で二度目だ」

ガル・ファリオンは構えた。

足を広げ、腰を落とし、剣柄《けんづか》に手を添えて、剣を隠すように、構えた。居合の構え。

かの剣王ギレーヌ・デドルディアが得意とした、必殺の構えを。

「……」

エリスはそれを見て、奥歯を噛《か》み締めた。

剣神流は、とにかく最速で重い剣を叩《たた》き込むことを主流とした剣術である。

しかしながら、三つの構えがある。

一つは中段。どんな理合《りあい》であろうとも対応する、剣神流の基本形。

一つは上段。相手の理合を崩し、より前へと攻める者に向いた、攻撃型の構え。

最後に居合。相手の理合を見切り、嗅覚で最善のタイミングを取れる者に向いた、防御型の構え。

すなわち、理合を見切る者は居合を、理合を崩す者は上段を、どちらにも特化していない者は中段を構える。

天性のリズム感を持ち、相手の理合を積極的に崩せるエリスは上段を得意とする。

獣族としての嗅覚や聴覚、直感と反射に優れるギレーヌは居合を得意とする。

「……」

ガル・ファリオンが取ったのは、居合である。

この元剣神は、どの構えでも戦うことができるが、今の状況を見て、居合を選択したのだ。

エリスの理合を見切れると、そう判断したのだ。

それがわかっていながらも、しかしエリスは恐れない。無言で、細い息を吐きながら、ジリ、ジリと間合いを詰める。

その瞬間、ガルは違和感を抱いた。

エリスが、妙に静かだった。

剣の聖地にいた頃は『狂犬』の名の通り、牙をむき出しにして愚直に襲いかかってくるあのエリスが……襲いかかってこない。

ただ、変わらぬものもある。

表情だ。エリスは笑みを浮かべていた。ニマニマと気持ちの悪い笑みを顔に張り付かせ、しかし修行僧のような玲瓏《れいろう》とした雰囲気を纏《まと》い、立っていた。

その表情を見ていると、つい自分から仕掛けたくなるほどに。

だが、ガルは仕掛けるつもりはなかった。

ただ、大木を背に、時が止まったかのような姿勢で待った。

「……」

「……」

それは、異様な光景であった。

特に二人を知る者が見れば、ただひたすらに奇異に映っただろう。エリスも、ガルも、自分から攻めていくのを得意とする剣術家である。でなければ、剣神流で上にのぼることなど、できはしない。

しかし、動かない。

雪のように舞い散る木の葉だけが、時間が正常に流れていることを示していた。

この光景を見て、あの時と同じだと思う者もいるだろう。

例えば、先の会話に出ていた人物、ジノ・ブリッツ。

彼は、見たことがある。剣神流が静止状態になる戦いを。

そう、数年前。エリスが剣王となったあの日。

エリス・グレイラットと、ニナ・ファリオンとの戦いである。

動かない。

二人とも動かない。

あるいは、高レベルな剣神流同士であれば、こうして静止するのが常であるかのように、動かない。

否、動いている。

エリスは、ジリジリと、ほんの指先ほどの距離であるが、間合いを詰めている。

今はギリギリ、一足一刀。エリスの間合いの中である。

だが、この距離は遠い。必殺には程遠い。最高の一撃を放つには、今少し、足りない。

「……」

エリスとニナの戦いでは、先に動いたほうが負けた。

完璧な『光の太刀』を放ったニナに対し、エリスは速度でもってそれを上回った。

ガル・ファリオンであるなら。仮にも剣神と呼ばれた男なら、エリスの動きを超えることなどたやすい。

巧妙にエリスの間合いを外し、ほんの少しだけ自分の剣を先に届くように調整することも可能である。

だが、しない。ガル・ファリオンは不動の構えを貫いた。間合いを詰めることも、角度を変えることもしない。ただ動かず、エリスの動きを見据えている。この世界には、エリスしかいないとでもいうように、エリスだけの動きを。

やがて、エリスが必殺の間合いへと入った。

最も自信のある、最高の斬撃を放てる位置へと立った。

「……」

エリスの中に小さな、本当に小さな迷いが生まれた。

ガル・ファリオンに隙はない。でも今、この場で『光の太刀』を放てば、いかに元剣神といえども、斬り伏せる自信がある。

だが、相手はガル・ファリオンである。

剣の聖地に赴いたあの日、あの屈辱の瞬間を思い出す。まったく何も見えず、ガル・ファリオンに吹っ飛ばされた、あの瞬間。

「……っ！」

次の瞬間、ガル・ファリオンが動いた。

腰をほんの数ミリだけ落とし、剣柄を握る手に力が篭もった。

エリスはそれに釣られるように、動いた。

動いてしまった。完璧な動作から、必殺の一撃へと。

「『光の太刀』」

世界最高の剣技が、放たれた。

だが、その瞬間、エリスの目は捉えていた。ガル・ファリオンの手が、逆手で剣柄を持っていたことを。

それは、『光返し』ではなかった。だが、間違いなく『光の太刀』であった。

エリスが今まで見たこともない『光の太刀』であった。

「水神流奥義『流《ナガレ》』」

エリスの手に、ぬるりとした感触が残った。

大上段から放たれたエリスの『光の太刀』は、迎撃するように放たれたガルの神速剣とぶつかり、流された。

ガルの後ろの大木が斜めに両断された。

剣と剣が離れる寸前、ガルの加えたわずかな圧力で、エリスの上体がほんの少し、かしいだ。

エリスは振り抜いたその姿勢のまま体勢を崩された。

それだけで十分。ガルの瞳に、無防備なエリスの首が映った。

返す刀が走る。

慣れない他流派の奥義を使った代償か、その剣速は決して速いものではない。

その剣速は光に達しない。せいぜいが音速。

だがこの距離、この間合い。

人を一人殺すのに、『光の太刀』など必要ない。ただ、首を斬り飛ばすだけの一撃であればいい。

ギロチンのように、刃が落ちた。

鋭い音がした。

キン、とも、カキンともいえる、金属のぶつかる音。

剣は止まっていた。エリスの首筋に食い込みつつも、止まっていた。

ガルの目が見開かれる。

いつしか、エリスの後ろには、一人の男がいた。

緑色の髪を持ち、白亜の槍《やり》を持った戦士がいた。

エリスの後ろに隠れるように立っていた彼が、守護霊のようにガルの剣を受け止めていた。

もし、今のが光の太刀であったなら。

ガルがほんの一瞬そう思った次の瞬間。

「があぁぁぁぁ！」

体をひねりつつ、右腰より抜刀されたエリスの剣が、ガル・ファリオンの胴体を薙《な》いだ。

「……ぐっ！」

咄嗟《とっさ》にガル・ファリオンは、背後へと飛び退《すさ》った。

トン、と着地する。

「……」

だが、着地した足に、上半身は乗っていなかった。

ガル・ファリオンの上半身は、中空を飛んでいた。

くるくると三回転して、地面に落ちた。

★★★

ガル・ファリオンは、己の下半身がゆっくりと倒れるのを見ていた。

己の敗北を見ていた。

「ああ、ちくしょう……」

仰向《あおむ》けになったまま、ガル・ファリオンは呟く。

見えていなかった。

エリスの後ろに隠れたスペルド族が、見えていなかった。

否、見えてはいた。見えてはいたが、気にも留めていなかった。この程度の相手ならいてもいなくても変わらぬと、そう思っていた。

事実、ルイジェルドはエリスの『光の太刀』が見切れていない。

そのあまりに速い剣閃《けんせん》は、いかに歴戦の英雄といえども、捉えることはできなかった。

だが、ガルの二太刀目は違う。

あれは光の太刀でもなんでもない。首を斬り落とすだけの必要最低限の速度と力の込められた、甘い斬撃だった。

それでも並の戦士であれば、止める間もなくエリスの首は両断されていただろう。

だが控えていたのはルイジェルド・スペルディア。

『デッドエンド』の名を冠する、数百年を生きる歴戦の英雄。

見えないはずもない。止められないはずもない。

ガルは、ルイジェルドを見誤った。そして、ルイジェルドを信頼し、背中を任せたエリスをも。

もし、エリスに迷いがあれば、ルイジェルドがあそこで止めるだろうことを、ほんの一瞬でも疑っていれば。

ガル・ファリオンの跳躍は間に合っていただろう。

「なんで、剣神流の技を使わなかったのよ？」

仰向けに倒れたガルに、首筋からダラダラと血を流すエリスが尋ねた。

一瞬の攻防であったにもかかわらず、その額は、汗でびっしょりだ。

「負けると思ったのさ」

一太刀目から。

エリスと同じく大上段に構え、最速の『光の太刀』を放っていれば、ガルが勝っただろう。

だが、そうはしなかった。できなかった。

ガル・ファリオンの脳裏によぎったのは、ジノ・ブリッツとの戦いの記憶である。

信じて疑わなかった自分の剣。

信じて疑わなかった自分の技。

それが、いとも簡単に破られ、そして敗北した記憶。左手を骨折し、無様に道場に尻もちをついたあの瞬間。周囲の視線。見下ろすジノ。

それが、初太刀に『光の太刀』を放つ意思を鈍らせた。

ガル・ファリオンは剣の天才である。剣神と名は付いているが、水神流の道場を叩けば、水帝程度までは上がれる才気にあふれている。

ゆえに、水神流の技を使った。これなら確実に勝てるという自信と、開き直りがあった。

剣神を名乗っていた頃であれば、そんなことはできなかった。剣神としての振る舞いがあった。

剣神として、剣神流の技を使わねばならぬという義務感のようなものがあった。

だが、今は違う。

より確実な方法を取るため、水神流の技で『光の太刀』を流すことに、何の障害もなかった。

ゆえに、口を使ってエリスを挑発し、先手を取らせた。

剣神と呼ばれていた頃の自分なら、絶対にやらないこと。

思えば、ギースの指示通り、ルーデウスの腕を斬り飛ばしたのも、絶対にやらないことであった。

恐らく、最初から歯車が狂っていたのだ。

ジノ・ブリッツに負けた時から、狂っていたのだ。

ガル・ファリオンに、昔のような自信はもう無い。昔のような強さも無い。

最強の剣士はすでに存在しないのだ。

「お前の言うとおり、俺様は腰抜けの雑魚だったのさ」

ガルは言い訳をしない。

己の技を信じた者が勝ち、信じられなかった者が負けた。

ただ、それだけのことだ。そして、戦いの前に自分が吐いた言葉の、なんと情けないことか。あんなセリフを吐くぐらいなら、とっとと斬りかかればよかったろうに。あれではまさに雑魚、エリスから見れば、酒場の酔っぱらい以下の存在だったろう。

オルステッドと戦わなければならない、このままで終われない、最後に一花咲かせたい……そんな気持ちに突き動かされてギースの誘いに乗ったが、これでよくオルステッドに挑もうなどと考えたものだ。

そう思えば、自嘲《じちょう》の笑いすら出てこない。

「……何やってんだろうな」

エリスはそんな彼を見下ろし、思った。

哀れだ、と。

そして言い知れぬ悲しさが湧き上がってきた。これが、かつて自分が震え、わずかながらも恐れた者の末路か、と。

ゆえに聞いた。

「……言い残すことはある？」

ガルは、目だけでエリスを見上げた。

赤い髪の女。最初に見た時から、素質があると思った。粗削りだが、ギレーヌ以上の素材だと思った。

だが、まさか、自分を殺す相手だとは、露《つゆ》ほども思わなかった。

ずっと下にいる存在だと思っていた。戦えば、いつだって勝てると思っていた。

「自分のためだけに振るう剣は純粋で、純粋な剣は誰よりも鋭くなる。人は変わる。他人のために振るう剣は強《つえ》ぇが、他人のせいで左右される。一度迷えば、以後はその迷いに取り憑《つ》かれる。剣が鈍くなる。俺様がそうだ。女ができて、子供が生まれて。弟子を育てて。剣神としてやるべきことは何だ……なんてくだらねえことを考えてたら、こんなに鈍くなっちまった」

ガルは、薄れゆく意識の中で、言葉が漏れていくのを感じた。

伝えるべきことがあるわけではない。言い残したい言葉があるわけではない。

前々から死に際の言葉を考えていたわけではない。

こんなところで死ぬなどとは、思っていなかった。

ただ思ったことが口から漏れた。

「エリス。やっぱりお前は、いいな。弱くならなかった。取り憑かれてるように見えて自由だ。自由なままだ」

ごぽりと、ガルの口から血の塊が流れ出る。

その血を拭《ぬぐ》うことなく、ガルは己が握り続けた剣をエリスに差し出した。

「……やるよ」

「もらうわ」

脈絡のない行動。

だが、エリスはそれをすぐに受け取った。死を間近としたガルの手は、恐ろしく冷たい。

だが、剣柄は熱かった。

「ハッ……」

それを見届けガルは息を吐いた。もはや、息を吸う力も、残っていない。

「自由に生きた奴が強ぇのは、いいなぁ……」

腕が落ちた。


剣神ガル・ファリオンが、死んだ。


「……」

エリスは無言で膝をついた。

ガルの腰から、鞘《さや》を引き抜き、受け取った剣を鞘へと納め、己の腰に差した。

「ふぅー……」

彼女は大きく息を吐きつつ、懐から一枚のスクロールを取り出した。

初級の治癒魔術スクロール。

いざという時のためにと渡され、持っていた一枚。それをダクダクと血を流し続ける首筋に当てて、魔力を流し込む。

傷口は一瞬で癒えた。

「……エリス」

「行きましょう、ルーデウスの援護に」

「ああ」

二人は短くそう言って踵《きびす》を返し……数歩歩いたところで、エリスは立ち止まった。

振り返る。

無残に死体を晒《さら》すガル・ファリオンを視界に収め、エリスは拳を握りしめた。

呪文を詠唱した。

これだけは憶えておくべきだと、大昔にルーデウスに言われ、ギレーヌと共に何度も何度も練習した魔術を。

「――『火球弾《ファイアーボール》』」

エリスの手から放たれた火球は、ガル・ファリオンの死体を燃やした。炎に包まれるガル・ファリオンの死体を、エリスは最後まで見届けなかった。

踵を返し、足早にその場を歩み去った。

炎は近くの木に燃え移り、狼煙《のろし》のような煙を出し続けた。

誰に邪魔されることもなく、自然とその火が消えるまで、ずっと……。

第五話「三世VS二世＋α」

鬼神《きしん》マルタの大暴れ。

木々をなぎ倒し、地面を掘り起こし、暴風のように暴れまわる巨大な鬼。その余波に押し流されるようにして、俺たちは戦場から離れてしまっていた。

奴の相手をしていたのは、ザノバとドーガ。

鬼神は単純にパワーの化け物だという話だから、相性はいい。神子《みこ》たるザノバにパワーで勝てる奴などいないし、ドーガも迫ってくる相手には強い。心配は……恐らくしなくてもいいだろう。

もっとも、俺も他人の心配をしている暇はない。

目の前に立つのは、七大列強第七位。北神カールマン三世。

アレクサンダー・ライバック。

俺を谷に突き落とした二人の片割れでもある。まして、今は一式もなく、二式改も不完全。

油断や手加減のできる相手ではない。

まずは先手必勝。

泥沼からの――。

「待った！」

と、思った瞬間、北神カールマン三世から待ったが掛かる。

だが、相手は北神流。待ったと見せかけて奇襲をかけてきてもおかしくない相手である。

俺は無言で泥沼を設置。続けざまに岩砲弾《ストーンキャノン》を放った。

「戦う前に、少し話をしましょう！」

岩砲弾《ストーンキャノン》はなんなく弾《はじ》かれた。

いや、逸《そ》れた？

とにかく、岩砲弾《ストーンキャノン》は中空で軌道を変え、弾かれた。しかも、奴の足元に泥沼が設置されているはずなのに、その足が沈んでいない。

これが北神の力!?

いや、違う。王竜剣の能力については聞いている。

「君の怒りはもっともです。両腕を斬り落とされ、谷に落とされて、すぐにでも戦いたい気持ちはあるでしょう。しかし、少し待ってください。話が終わったら、すぐに相手をしてあげますから。君程度の雑魚でも、強者同士が話している間、少し待つことぐらいはできるでしょう？」

雑魚……だと！　なめやがって、バラバラにしてやる！

と、憤る気にはなれない。

確かに、七大列強から見れば雑魚であることは否定できない。最近かなり持ち上げられてたせいか、逆に新鮮なぐらいだ。

「……」

俺としては待ちたくない。

時間稼ぎが目的かもしれないし、できるだけ早く勝って他のメンツの援護に回りたい。

そう思いつつも一歩下がり、シャンドルに目配せする。

アレクサンダーが動かないように、彼もまた動いていない。彼が戦ってくれなければ、俺一人では、勝つことはできない。

「仕方ない」

シャンドルは肩をすくめつつ、前に出た。

「……それで、何か用かな？ 見知らぬ人よ」

「見知らぬ人？ あなたのことを誰よりも知っている僕が、見知らぬ人？」

「初対面だと思うのですが？」

「僕とあなたの初対面は、僕が母さんの腹から出てきた時ですよ。父さん」

シャンドルはなにしらばっくれてんだろう。

「父さん、いい加減にしてください。そんな不細工な兜《かぶと》をかぶっていたってわかる……」

俺がヒトガミに覗《のぞ》かれたというのなら、アレクサンダーだって知っているだろう。

「あなたは北神カールマン二世。アレックス・ライバックだ！」

「アレク君。そういうのは、私が兜を脱いだ時に言うものですよ」

そう言って、シャンドルはため息をつきつつ、兜を脱いだ。

黒髪の中年。アレクも黒髪だ。改めて見てみると、二人はよく似ていた。

「君が私を倒し、『強い相手だった、せめて最後に顔を拝んでおくか』と兜を脱がした時に……」

「そんなことはいい！　とっくに死んだと思っていたのに……今まで、何をしていたんですか!?」

「……弟子を取りつつ、気ままに武術を教えていました。最近、アスラ王国のアリエル陛下に感銘を受けて、騎士になりましたが」

「弟子？　この剣を僕に託し、北神流を捨てたあなたが、弟子を取っていたって!?」

アレク君の顔に、怒りが浮かんでいる。

二人の間に何があったのかわからないが、シャンドルの言葉が、彼の何かに触れたらしい。

「アレク君、私は別に、北神流を捨てたわけではないよ」

「嘘《うそ》だ、今だって剣すら持っていない！」

「うーん」

シャンドルは、己が持っている棒を持ち上げてみせた。金属で出来た棒だ。ただの棒だと聞いたような気がするが、何か特殊な能力でもあったのだろうか。ないように見えるが。

「こっちの方が、強くなると思うんですがね？」

「！　馬鹿にして！　そんな棒きれが、この王竜剣よりも強いって!?」

「そうではないよ。アレク君。その剣は、この世界で一番強い。それは、その剣を百年間振り続けた私が、一番よく知っている」

「じゃあ、なんで？」

「強すぎるんですよ。その剣は」

アレクサンダーの問いに、シャンドルは答える。

当然のように。当たり前のことを諭すように。

「その剣を手にすれば、どれだけ巨大な魔物も、どれだけ俊敏な怪物も、どれだけ堅固な戦士も、相手にならない。私は数々の戦いに勝利し、英雄となった」

シャンドルは一拍おいて、じっとアレクサンダーを見る。

「ただ、ふと、立ち止まった時に思ったのです。私は英雄になった。だが、その剣を手に入れた前と後で、何も変わっていないのではないか。はたして、北神カールマン二世アレックス・ライバックは、本当に強かったのだろうか、とね」

直後、シャンドルは目を伏せた。

「そう、思ってしまえば、もう以前のようには戦えない。無論、今までの自分の戦いや仲間たちを否定するつもりはないが……。英雄としての私は、終わったのだと思ったよ。だから、君に『英雄としての北神』を託し、私は『北神カールマン一世の教え』を広めようと思ったのです」

どうにも俺は、かやの外な感じだ。

よくわからんが、親父であるアレックス《シャンドル》は、戦いに飽きて、象徴たる剣を手放して、流派を広めようとした。対する子供《アレクサンダー》は、それを怒っているようだ。

まぁ、わからないでもない。

そんな重いものをいきなり託されて、父親がいなくなったとなれば、怒りもするだろう。

育児放棄、ダメ、ゼッタイ。

「その結果が、あのオーベール、あの奇抜派ですか？」

「あれも、北神カールマン一世が示した、一つの道ですよ」

「僕は、奇抜派は認めていません。あんなのは、北神流じゃない」

アレクサンダーは不機嫌さを隠しもせず、首を振った。

オーベールか……確かに、あれは剣士ではなかった。どちらかというと忍者だった。

「大体、剣術ですらないじゃないか」

「北神カールマン一世は剣を使ったけど、剣にこだわる必要はないと教えていた」

「だから、そんな棒きれを使っているっていうんですか？」

「そう、これなら、自分が強くなっていくのを実感できる。そして成長を実感することで、人はさらに強くなる」

「……意味がわからない」

アレク君は不満そうだ。

彼は、まだ若いのかもしれない。自分がこうだと決めたものに対して、ノーと言えないのだ。

「それで、アレク君。逆に聞くけど、君はどうして、ここにいるのかな？」

「僕は、オルステッドを倒しに来た。龍神を倒して、七大列強第二位になるんだ」

「志が高いね。君の父親として誇らしいよ」

シャンドルは微笑《ほほえ》みながら、アレクを讃《たた》えた。

シャンドルさん？　鼻高々で悪いけど、あなたはこっち側ですよね？

いきなり、「じゃあ手伝うよ」とか言って、敵に回るとかないですよね？

「今回、私が敵に回るわけだが、見事に打ち倒し、オルステッドに挑むといい」

「当然です。いかに父さんが相手といえども、僕は北神カールマン三世として、恥ずかしくない名声を手に入れてみせます」

恥ずかしくない名声ってなんだよ。

と、思う部分もあるが、父親や家族が偉大だと、気にするところもあるのだろうな。

俺の立場として、応援はできないが。

「それだけじゃない。悪魔たるスペルド族を全滅させる！」

「ん？　スペルド族は、悪魔ではないよ。君も村に一度来て、見たのでしょう？」

首をかしげるシャンドルに、アレクは当然とばかりに頷《うなず》いた。

「そんなのは関係ない。スペルド族は悪魔として有名だ。それを滅ぼしたとなれば、僕の名前は未《み》来永劫《らいえいごう》、英雄として語り継がれる」

「それは、英雄のすることじゃない」

「でしょうね。でも手段は選んでいられない。じゃないと、父さんの偉業を超えられない。北神カールマン二世の名を、超えられない」

「私の名を超えることが、英雄になることだと？」

「そうだ！」

シャンドルは、口を半開きにしたまま、こちらを向いた。

そして、頭を下げた。

「申し訳ありません、ルーデウス殿。説得できるかと思いましたが、この馬鹿息子は、私が思った以上に馬鹿だったようです」

「……そのようですね」

彼は、どうやら英雄という単語に踊らされているようだ。

英雄らしい行動を取って英雄になろうとするわけではなく、ただ名声を得ることで、ちやほやされたいのだ。

そうじゃないだろう、と誰もが言いたくなる状態だ。うまく言えないが、そうじゃない、と。

「止めましょう」

「はい」

シャンドルは兜をかぶり、棒を構えた。

俺はその後方、援護をするように、両手を広げる。

アレクはむすっとした顔のまま、俺たちを睨《にら》みつけてきた。

自分のやり方を否定され、呆《あき》れ顔で小馬鹿にされ、行き場のない怒りが渦巻いているのだろう。

「……そんな棒きれと未熟者のお荷物を抱えて、王竜剣を持った僕に勝てるつもりですか？」

「ああ、もちろんだとも。お仕置きをしてやろう」

自信満々に言い放ったシャンドル。

お仕置きという言葉に、アレクの堪忍袋の緒が、ついに切れた。

「なめるな！」

北神二世と北神三世の戦いが始まった。

★★★

「おおおお！」

巨剣を軽々と片手にて振るい、袈裟懸《けさが》けにシャンドルへと斬りかかった。

先に仕掛けたのはアレクだった。

「たあぁぁぁぁ！」

シャンドルはその圧倒的な質量を、棒を使って受け流した。

アレクの姿勢が崩れ、無防備に……ならない。恐るべきバランス感覚で体の向きを変え、再度シャンドルへと打ちかかった。

シャンドルはそれを予期していたかのように動いた。

回転しながら暴風のように攻めてくるアレクを、再度いなす。

そして、いなしながら、てこの原理を利用して、アレクの足を払った。

アレクはたちまち体勢を崩……さない。

アレクの体はシャンドルを飛び越すように浮き、そして通常ではありえない速度で地面に降り立った。めちゃくちゃな動きだ。

だが、知っている。これが、魔剣・王竜剣カジャクトの能力。

『重力操作』。

「うりゃあぁぁ！」

しかし、シャンドルはそれに対応している。

背を向けたまま、王竜剣の一撃をいなす、いなす、いなす。そのうち、次第に向きを変えて、アレクに向き合った。

アレクの一撃は、そう簡単にいなせるものではない。

踏み込むごとに地面が抉《えぐ》れ、斬撃の衝撃波は周囲の大木を切り刻み、メシメシと音を立てて倒れ始めている。

発生した真空波が、やや離れた位置に立つ俺の頰《ほお》を切り裂くほどだ。

だが、その一撃がシャンドルに届くことはない。

引退したとはいえ、仮にも北神か。まったく危なげなく、アレクの斬撃をいなし続けている。

重力を操るアレクの動きはどこまでも自由で、アクロバティックで、予測がつかない。

その上、シャンドルも動かないわけではない。

一見するとまったく動かないが、ブレるように体を少しずつ移動させて、有利なポジションを取っている。

これが北神同士の戦いか。

スピードは、そう速いわけではない。

エリスやオルステッドと訓練を積んだ成果か、動きは見えている。

見えてはいるが、密度が高すぎて、予測ができなさすぎて、援護が挟みにくい。

「なんのおおお！」

「とああぁぁぁ！」

にしても、うるせぇなこいつら。

なんて考えている暇はない。俺は呼吸を整えて、二人の動きをよく見る。拮抗《きっこう》しているなら、俺の横槍《よこやり》次第で、戦況は傾く。

二人の動きは予見眼をもってしても予測はしにくい。

だが、アレクはともかく、シャンドルの動きはわかる。

最小限で、アレクに比べて予測もしやすい。

パターンがある。

右に行き、左に行き。相手が真後ろに回った時はこの流れで……。

「そこだ！」

岩砲弾《ストーンキャノン》を放つ。

岩砲弾《ストーンキャノン》はキュンと音を立ててまっすぐに飛んでいき、アレクに着弾した。

いや、まっすぐではない、直撃でもない。

曲げられた。アレクの鎧《よろい》を抉りながらも、その表面を滑って森の奥へと消えていく。

だが、アレクの体勢は崩れた。

「ハアッ！」

その隙《すき》を見逃さず、シャンドルの一撃がアレクのみぞおちに叩き込まれた。

「ぐっ……！」

しかし、アレクはうめき声を上げつつ跳躍。まっすぐにこちらに向かってきた。

速い！

「雑魚が邪魔をするな！」

《鋭い踏み込み。斜め上からの斬撃》

予見眼で見つつ、残った篭手《こて》で受け流す。

「うっ……」

受け止めた瞬間、すさまじい重量が足に掛かった。

篭手が砕け、膝をつく。左手が斬り飛ばされる……。

と、思ったが、黒い腕がギャリギャリと音を立てて剣を受け流した。

頑丈だ、アトーフェハンド。

「その腕……！　まさかお祖母《ばあ》様の!?」

「『電撃《エレクトリック》』！」

もう片方の手から、溜《た》め込んだ魔力にて、電撃《エレクトリック》を放つ。

紫電がアレクの体を舐《な》める。続けて、至近距離から顔面に岩砲弾《ストーンキャノン》を叩き込むべく、左手に魔力を込める。

「とりゃあああぁぁ!!」

だが、アレクの動きは止まらない。

エビ反《ぞ》りになって俺の岩砲弾《ストーンキャノン》を回避しつつ、片足で回転しながら俺の足への斬撃を放つ。

とっさに跳んで回避。

しかし、その時、すでにアレクは体勢を立て直していた。

俺の首を両断する一撃が迫る。

「ハァァアッ！」

寸前、シャンドルがアレクの横から突っ込んできて、棒で突き貫《ぬ》いた。

アレクは錐揉《きりも》みしながら真横へとぶっ飛んでいき……しかしふわりと、重力を無視した軌道で地面に降り立った。

「……ふぅ」

一見、ダメージはないように見える。

電撃《エレクトリック》もあまり通じていないようだ。

剣の力か。あるいは鎧の性能か。はたまたやせ我慢か。鍛え方が違うのか。はたまた体の構造からして違うのか。何であってもおかしくない。

「手加減しすぎましたかね。もうちょっと本気出すか……」

アレクは負けが込んだ格ゲープレイヤーみたいなことを言ってるが、状況は悪くない。

この調子なら、勝てないことはない。シャンドルが前衛で戦い、俺が援護する。

その度に一撃ずつ与えていけば、いずれ倒せる時は来るだろう。

北神カールマン三世。手強《てごわ》い相手だが、しかしシャンドルも強かった。

そこが拮抗しているなら、俺の差で勝つ。

お荷物ではない！

「まずいですね」

と、思ったのだが、シャンドルの言葉は頼りない。

嘘だろ。優勢じゃないか。シャンドルにダメージはない。

俺は今の攻防でザリフの篭手を壊されたが、アトーフェハンドはそれと同等以上の性能を持っている。

まだいける。

「彼は、この後、オルステッド様と戦うべく、力を温存しています。段々と、力を上げてくるでしょう」

ああ、くそ。

本当に手加減されていたのか。よっぽど俺を雑魚扱いしたいらしい。

「ロキシー殿は、あとどれほどかかりますか？」

「わかりません」

準備ができたら知らせてくれるようだし、もう半日になる。そろそろいけると思うが。

エリスやザノバが突破されて、ロキシーのあたりまで蹂躙《じゅうりん》でもされていない限りは。

「私の知る彼より、だいぶ強くなっているようです。これはちょっと、大口を叩きすぎたかもしれませんね」

シャンドルが自信なさそうに、そう言った。

そんなこと言わず、頑張ってほしい。援護、頑張るから。お荷物じゃないように頑張るから。むしろヘリウム風船のごとくあなたを軽くしますから。重力は操作できないから、気持ちだけかもしれないけど。

「とにかく、時間を稼ぎましょう」

「りょ、了解です」

短い打ち合わせの後、シャンドルが突進した。アレクもまた、呼応するかのように走ってくる。

「うおお！」

「どおりゃぁあ！」

そして、また打ち合いを始める。

だが、シャンドルの言葉通りだった。一見、変わったところは見受けられないが、シャンドルが斬撃を受け流しきれなくなった。受けるごとに、少しずつ体勢を崩している。アレクの放つ斬撃のレベルが変わっているのだ。見た目は変わらないが、恐らく重さが。

シャンドルが劣勢になれば、俺の岩砲弾《ストーンキャノン》も直撃を得られない。

受け流されるか、弾かれるか、避《よ》けられるか。

そのどれかが多くなる。

「……」

俺は岩砲弾《ストーンキャノン》を放つのをやめた。

その代わりに、魔術を使い、土を操る。ひとまず、あの、ぴょんぴょん跳びまわる変則的な空中機動をやめさせる。そうすれば、シャンドルも少し楽になり、取れる戦術の幅が増える。

結果、俺の岩砲弾《ストーンキャノン》も当たるようになるはずだ。

そのためには。

「『土槍《アースランサー》』！」

二人の周囲を囲むよう、四方に土の柱を作り出す。

そして、さらにその上に。

「『土網《アースネット》』！」

シャンドルの頭上、約五十センチほど上に、土の網を作り出す。上を遮れば、あの変則的な跳躍は……。

「うっとうしい！」

一瞬で叩き壊された。だめか。

「どうしました父さん！　その程度ですか！」

いかん。シャンドルがどんどん追い詰められていく。

技の差じゃない。間違いなく武器の差だ。王竜剣で一撃が加わる度に、シャンドルの棒がどんどんひん曲がっている。

慌てて岩砲弾《ストーンキャノン》で援護するが、やはり曲げられる。俺のことを後回しにすると決めたのか、多少かすっても完全に無視されている。

まずい、これじゃ時間稼ぎもままならない。

ジリ貧で負ける。

「ガアアアッ！」

その時だった。

アレクの横合いから、一つの影が彗星《すいせい》のように飛び込んできた。

赤い髪を持つその女は、両手に持った剣を、渾身《こんしん》の力でアレクへと叩きつけた。

アレクはそれを受け止めたものの、シャンドルの一撃も喰《く》らい、後方へと吹っ飛ぶ。

そこに、赤い剣士が追撃を掛ける。アレクが重力を無視した着地をした後、即座に巨剣を振るう。

赤い剣士はそれに対応できない。

「ふっ……！」

だがその後ろ。影のように付き従っていた緑の戦士が、斬撃を逸らした。

狂犬が吠《ほ》える。剣閃《けんせん》が走る。首筋に向かった一撃は、しかし不可視の何かに曲げられた。

「ガァァア！」

剣は肩口へと叩き込まれるも、存外に頑丈な鎧が一撃を止め、かすり傷で済ませた。

狂犬は深追いをしなかった。攻撃に失敗と見るや、背後へと飛び退《すさ》った。

直後、彼女のいた位置を巨剣が薙《な》ぎ、髪を数本、斬り飛ばした。

距離が離れる。

赤髪と緑髪が、俺に背中を向け、立った。

「ルーデウス、待たせたわね！」

エリスはチラリとこちらを見て、そう言った。

ルイジェルドは振り返らないが、第三の眼で俺の安否は確認してくれただろう。

彼らが、助けに来てくれたのだ。もし俺が乙女だったら、一瞬で一目惚《ひとめぼ》れだろう。

抱いて！　滅茶苦茶にして！

「そんな……」

俺が乙女みたいになっている時、アレクは驚いた顔をしていた。

否《いな》、ショックを受けていた、というべきか。

「まさか、ガル・ファリオンがやられたんですか？」

どうなんだ、とルイジェルドを見ると、彼は頷いた。

マジか。エリス、ルイジェルド、二人掛かりとはいえ、剣神を倒したのか。

「いくら、剣神の座を退いたとはいえ、こんな簡単にやられるなんて……どうやら、僕はあの人のことを過大評価していたようです」

アレクは傲岸《ごうがん》にそう言いつつも、悲しそうな顔をしていた。

思えば、俺を谷に突き落とした時も、こいつはガルと仲が良さそうだった。

「短い間だったけど……いい人だったのに……」

アレクの気配が変わった。

今までとは違う。手を抜いて勝とうという気配ではなくなった。

「こんな二人ぐらい、すぐに蹴散らして、一緒にオルステッドと戦おうと、そう思っていたのに……」

アレクが構え、腰を深く落とした。

何かが来る。

圧倒的な気配を察知して、エリスも、ルイジェルドも、警戒して腰を落とした。

だが、今になって本気を出そうというのなら、もう遅い。

俺とシャンドルに加えて、エリスに、ルイジェルド。

四対一だ。いかに最強の剣を持つ七大列強といえども……。

「右手に剣を」

アレクの右手に持った剣が持ち上がり、先が天を向く。

「左手に剣を」

アレクの左手が、剣柄《けんづか》を持つ。

両手持ち。今まで片手で扱っていたあの巨剣を、両手で持った。それが、彼の本当の戦闘スタイルなのか。

「いけない！　逃げて！」

シャンドルが鋭く叫んで、真横へと跳躍した。

だが、遅かった。

「両の腕《かいな》で齎《もたら》さん、有りと有る命を失わせ、一意の死を齎さん」

王竜剣を大上段に構えたアレク。

「我が名は北神流アレクサンダー・ライバック」

気づいた時には、体が浮いていた。

俺だけではない。エリスも、ルイジェルドも、真横に跳躍しようとしたシャンドルも。全員の体が、宙に浮いていた。

無論、周囲に落ちるはずの木の葉や、木の枝も、全てが空中に浮かんでいる。

王竜剣の重力操作。

降りることも、さらに上へと移動することもできない。手足をじたばたと動かしても、その場から退《ひ》くことすらできない。

完全に無防備な状態の中、アレクが全身に力を込めたのが見えた。

「今こそ盟友の仇《かたき》を討つ！」

やばい。

そう思った時には、体は勝手に動いていた。

両手に魔力を込めて、衝撃波を放つ。エリス、ルイジェルド、シャンドルを遥《はる》か遠くへと吹っ飛ばす。即座に、近くを漂っていたザリフの籠手の残骸を手繰り寄せ、その先端に付いた吸魔石をアレクへと向ける。

剣と俺との間にあった何かが消滅し、地面へと着地。

俺は吸魔石をかなぐり捨てて、両手でありったけの魔力を、叩き込んだ。

今、まさに巨剣を振り下ろそうとしているアレクに向けて――。

「奥義『重力破断』」

爆音と閃光《せんこう》。

――――意識が途切れる。

★　★　★

目覚めた時には、木の上にいた。

吹っ飛ばされたのだと、そうわかったのは、足が骨折していたからだ。

レッグパーツは粉々に砕け、足が変な方向に曲がっている。

足だけではない。ボディパーツも大部分が砕け、胸のあたりに断続的な痛みが襲ってきている。

恐らく、肋骨《ろっこつ》が折れたのだろう。

「ケホッ……あー、あー」

咳《せ》き込むし、胸に痛みも走るが、声が出せないほどではない。

すぐに治癒魔術を唱えて、傷を治す。

「どこまで飛ばされ……うおっ!?」

体を起こそうとした時、俺を支えていた木の枝が折れた。バキバキと音を立てて、結構な距離を転げ落ちる。

が、まだ地面には落ちなかった。かなり高いところまで飛ばされたらしい。

と、思った時に、地上が見えた。

「……」

クレーターがあった。

直径にして二十メートルはあろうかというクレーターが谷のすぐそばに出現していた。

前は、あんなものはなかった。今しがた、出来たのだ。おそらく、今の一撃で。

「マジかよ」

ふと、首を巡らせる。

スペルド族の村の方で、何かが光ったのが見えた。見覚えのある光だ。

「あれは……うおっ!?」

また木の枝が折れた。

枝にぶつかりつつ、今度は地上まで落とされた。

「いてぇ……」

治癒魔術を使ったばかりなのに、また怪我をしてしまった。

すぐに治癒魔術を唱え直し、怪我を治療する。

何はともあれ、状況を把握しなければならない。

エリスはどうなった、ルイジェルドは、シャンドルは。

そして、アレクは？

「！」

立ち上がると、すぐ目の前に人がいることに気づいた。

ビクリと身を震わせて構えを取る。しかし、目の前の人物は、敵ではなかった。

「シャンドルさん！」

「これはルーデウス殿……私にも、治癒魔術をいただけますか？」

彼は傷だらけだった。

鎧は半壊し、兜は砕け、頭から血を流している。左腕もだらりと下がっていた。

「ええ、もちろん」

俺は彼の体に手を触れて、治癒魔術で傷を治した。

「どうも」

「エリスとルイジェルドは？」

お礼を聞くのもそこそこに、俺は二人のことを聞いた。

シャンドルですらこの傷だ。エリスたちも、無事では済んでいないだろう。

「軽傷です。ルーデウス殿のお陰で距離を取れたのがよかった。治癒魔術を使う必要もないでしょう。もっとも、あちらの方で、まだ気絶していますが」

その報告にほっとする。

「それで、北神カールマン三世は？」

「我々を倒したと見て、先に進んだようです」

「トドメを刺そうとはしなかったんですか？」

「先ほどの技は、北神流最高の必殺技です。その必要もないと思ったのでしょう」

俺を谷に落とした時といい、どうも一つヌケているようだ。

お陰で助かったとも言えるが……。

しかし、通してしまった。オルステッドのところに。

オルステッドなら、戦えば恐らく、勝つだろう。彼だって、今までのループで、王竜剣を持ったアレクサンダーと戦ったことぐらいはあるはずだ。ルート上、必要なければ積極的に戦おうとはしなかったはずだが、水神レイダを倒した時のように、あっさりと倒してくれるに違いない。

しかし、あの一撃。

スペルド族の村には、他のメンツもいる。

病気から立ち直ったばかりのスペルド族に、ジュリに、ノルン……。

もし、彼らを守るために、あの剣技を受け止めたり、受け流したりしたら、オルステッドも、相応の魔力を使うことになってしまうのではないだろうか。

守る戦いは、攻める戦いよりも難しい。もしオルステッドが皆を守ってくれないのなら、それは皆の死を意味する。

「シャンドルさん、まだ戦えますか？」

「行くつもりですか？」

「まだ、終わってません。今しがた森で光を見ました。召喚光です。ロキシーの準備が終わったのなら、ここからです」

と言った時、森の奥から、緑色の髪をした男が走ってきた。二人。どちらもスペルド族の戦士だ。ルイジェルドではない。彼らは俺たちの姿を見ると、すぐに近づいてきた。

「ロキシーより、伝達。召喚成功です」

「よし」

頷く。

「では、私は先行して、足止めをさせていただきます」

「無理はしないように」

「わかっています」

短いやりとりの後、シャンドルが走りだした。

「そちらの方は、エリスとルイジェルドの介護を。目が覚めたら、援護に来るように伝言を」

「はい！」

「あなたは案内をお願いします」

「はい！」

頷いたスペルド族にエリスとルイジェルドを任せ、俺はもう一人の戦士と共に、ロキシーの元へと走った。

木の根を飛び越え、茂みを突っ切り、まっすぐに向かう。魔導鎧《マジックアーマー》が砕かれたせいで、速度はあまり出ない……ていうか、すでに機能を失っているのか、重い。

なので俺は途中で魔導鎧《マジックアーマー》『二式改』を脱ぎ捨て、身軽になって走る。

北神カールマン三世は思いのほか、強い。だが、ここで引くわけにはいかない。

ここが正念場だ。

「ルーデウス……！」

目的地に到着。

そこに、ロキシーはいなかった。残されていたのは、スペルド族の戦士とエリナリーゼだけ。

なら、予定通りだ。

「ひどい格好ですわね……」

治癒魔術で怪我こそ治したものの、鎧も衣類もボロボロの俺を見て、エリナリーゼが目を丸くする。でも、彼女はすぐに顔を引き締めた。

「用意は出来ていますわ」

彼女の後ろ。

そこには、即席で描いたと思《おぼ》しき、魔法陣があった。

すでに光を失った魔法陣。それは、地竜《アースドラゴン》の谷底にて使い物にならなくなったスクロールのうちの一つに描かれていたのと、同じものだ。

スクロールの製作者の名は、ロキシー・グレイラット。

その魔法陣は潰《つぶ》れていた。

魔法陣の上にある、巨大な鎧の重みで潰れていた。

その鎧は魔導鎧《マジックアーマー》だ。万が一、戦いの中で魔導鎧《マジックアーマー》が破壊されることを想定し、複製しておいた魔導鎧《マジックアーマー》。

事務所の武器庫に置き場がなく、仕方なく工房の方に置いた一機。

唯一、事務所の破壊から逃れた、切り札。

「魔導鎧《マジックアーマー》『一式』ですわよ」

さぁ、第二ラウンドだ。

第六話「北神三世VSデッドエンド＋α」

一式を稼働させて、北神を追う。

森の中、木々を避《よ》け、ただひたすらに、北神を追う。

走りつつ、体内の魔力を大まかに探る。北神の戦いで消費はしたが、あの程度なら一割も使っていない。魔力には、まだ余裕がある。

だが、先ほどから、北神と戦っている間にひっきりなしに聞こえてきた轟音《ごうおん》がしなくなっている。

ザノバとドーガ。いくら相性がいいとはいえ、さすがに神級の相手は無理だったのかもしれない。

無事でいてほしい。

しかし、もし二人がやられたとすると。

北神と鬼神《きしん》。この二人を相手に立ち回らなければならない。

魔力はもつのか。いつぞやのオルステッド戦の時のように、途中で切れるのではないか。

いや、今が正念場だ。先のことを考えるのは、やめよう。目の前のことから、一つずつ、だ。

まずは第一目標。

北神カールマン三世。

★　★　★

俺がその現場に到着した時、すでにシャンドルは敗北していた。

木を背に尻もちをつき、ぐったりと、俯《うつむ》いていた。

手に武器はない。あの棒は折れ、近くに転がっている。

それを見下ろすのはアレクサンダー。北神カールマン三世は、先代を圧倒していた。

「父さん、いつまでお遊びを続けるんですか？　わかっているんでしょう？　最低でも魔剣クラスの武器を持たなければ、僕には勝てないって」

シャンドルは答えない。

すでに気絶しているのか。まさか死んではいないと思うが。

「それとも、それも作戦ですか？　死んだふり。奇抜派はみんな得意ですよね？　何がなんでも勝って、目的を達成する。僕も、その姿勢は素晴らしいと思う。正直、オーベールらはやりすぎだとは思いますが……。彼らにそれを教えた父さんが、なぜ僕を否定するんですか……」

シャンドルは答えない。ただ黙したまま。

「じゃ、そろそろ行きますよ」

アレクはそう言って振り返った。俺の方に。

「……えっ？」

熊にでも遭ったような顔をしていた。

予想外の遭遇。こんなところにこんな奴がいるはずがない。そんな、魔導鎧《マジックアーマー》は、もう使えないはずじゃあ。そんな顔。

「息子よ。問いに答えよう」

そして、ほんの数秒。

アレクが停止していた時に、シャンドルは立ち上がっていた。

「お遊びは終わりだ。君の言うとおり、魔剣を持ってこなければ勝てない。だから、エリスさんから、一本借りてきた。ただ、あくまで最低限だ。魔剣だけでは、勝ち目が薄い。だから、待った。粘って、粘って、死んだふりをして、待った。確実に勝つために」

そう言いながら、シャンドルは一本の剣を、腰の後ろから抜き放った。

あれは、エリスが持っていた二本目の剣。

魔剣『指折《ユビオリ》』。

「なぜ君を否定するか。それは、君が英雄を目指しているのに、英雄とは程遠い行為に手を染めようとしているからだ。英雄なら、英雄らしく、姑息《こそく》な手で勝利を拾ったり、弱者を蹴散らして名声を稼ぐのではなく、己より巨大な敵に、勝算なしで戦いを挑み、そして勝ち、栄光を掴《つか》みたまえ。私のようにではなく、北神カールマン一世のように」

シャンドルは超然とした雰囲気で鞘《さや》から剣を抜き放ち、構えた。

魔剣『指折』は短い剣だ。しかし、その剣を構えたシャンドルは、北神の名にふさわしい強者に見えた。

対するアレクは、肩越しにチラリと後ろを振り返る。

「なるほど。援軍ですか……。確かにギースには、『ルーデウスを魔導鎧《マジックアーマー》には乗せるな』と言われましたよ。でも、それはあくまで、相手を最高の状態にさせるなというだけの話だ。二人だけで、僕と、そしてこの王竜剣に勝てるとでも？」

「誰が二人だと言ったんだ？」

シャンドルの言葉。それに呼応するように、茂みが動いた。

そこから、二人の男女が出てくる。

赤い髪の女に、緑色の髪をした男。エリスに、ルイジェルドだ。

俺が魔導鎧《マジックアーマー》を取ってきている間に、気絶から覚めたのだろう。怪我は残っているようだが、二人とも、俺よりずっとタフだ。動きに支障はあるまい。

「……」

エリスは俺をチラリと見た。

その視線は強く、意味がある。

背中を任せるという、信頼の篭《こ》もった瞳。ルイジェルドもまた、エリスと同じような視線を送ってきた。魔導鎧《マジックアーマー》を見るのは初めてのはずだが、第三の目によって、俺だとわかるのだろう。

そして、俺が援護することに、当然のような信頼を寄せてくれている。

そして、俺はシャンドルを含めた三人を援護しきる。

魔導鎧《マジックアーマー》『一式』まで持ち出して、やるのは援護止まり。情けないと思うところはある。

でも俺たちは、ずっと昔から、こうやってきた。エリスを中心に、ルイジェルドが管理し、俺が援護する。そこに言葉はいらない。

一人余分なのが交じっているが、最高の陣形だ。

「さぁ、第二ラウンドだ」

シャンドルの言葉で、北神との第二ラウンドが始まった。

★　★　★

真っ先に仕掛けたのは、エリスだ。

彼女はいつも通り、最速かつ最短距離を描く剣撃にて、アレクサンダーに迫った。

アレクは、それを捌《さば》いていた。

俺の目にも留まらない速度で放たれる斬撃。それらを、危なげなく捌き、時にはカウンターを放つ。エリスの攻撃は間断なく続いているように見えたが、俺が反応できないだけで、確かに隙《すき》はあるのだ。

しかし、カウンターはことごとく防がれた。

ルイジェルドだ。アレクサンダーがカウンターを放つ度に、彼が槍《やり》を振るい不発に終わらせた。

ルイジェルドはエリスの陰に回っている。エリスがどれだけミスをしようとも、ルイジェルドがいる限り、そのミスにつけ込まれることはない。

だが、時にアレクは重力を無視する。

体勢を崩したと思ったら、明らかにおかしな動きでもって、連続で攻撃を、あるいは防御を行う。大きな回避運動から、アクロバティックな動きをしたと思ったら、突如急降下して攻撃に転ずる。

そうした動きには、さしものルイジェルドといえど、対応できない。

ルイジェルドが対応できない動きは、シャンドルが防ぐ。誰よりも重力を操った時の挙動を知っている北神カールマン二世が防ぐ。

アレクサンダーもきつかろう。

着地点を、あるいは空中にいるところを狙われる。直撃こそ避けるものの、思い通りの流れにはならず、ただイタズラに体力を消耗し、傷を増やす結果に終わる。かといって、距離を取れば、俺の魔術の餌食となる。かのオルステッドでも避けきれなかった岩砲弾《ストーンキャノン》は王竜剣によって曲げられるが、寸前で吸魔石を使うことで対応を遅らせ、何発かは確実にかすらせることができる。

直撃はないが、明らかに密度の濃い砲撃はアレクサンダーを足止めし、エリスらから距離を取ることを許さない。

確実に当たると思ったタイミングで放たれる『電撃《エレクトリック》』は受け流されるものの、アレクサンダーに息を整える隙を与えない。

よって、先ほど使われた『必殺技』を放つ隙もない。

「くっ……！」

アレクサンダーはこの場にいる誰よりもパワーがあり、スピードもある。

だが、急いでいるせいか、焦っているせいか、雑だ。全体の動きに粗さがにじみ出るようになっている。

対するこちらは確実で安定性があり、かつダメージも着実に与えているという有利な戦いの展開になっている。

余計なことはしなくてもいいが、かといって、彼を倒す決定的な何かがあるわけではない。

だから、このまま戦いを続ければ、いずれ、ほころびが生じる。

体力に、魔力。長く続ければ、減ってくるものはある。

この戦いが始まってから、誰が一番無理をしているのか、この戦いが始まる前、誰が一番、消耗していたのか。

それは、戦い始めてしばらく経過したところで、如実に表れた。

「……っ！」

エリスの顔に傷がつく。

ほんのかすり傷。しかし、時間の経過につれて、多くなってきた。

彼女がその消耗した人物なのか。

違う。穴は一つ。

シャンドルだ。

北神カールマン二世。かつて七大列強と言われた男が、穴となってしまっている。

だが、仕方あるまい。三世と戦い、必殺技を受けてからエリスとルイジェルドを保護し、そして、俺たちが来るまでの間、ボロボロになるまで北神カールマン三世を抑え続けていた。

彼の動きは、傍目《はため》に見ていてもわかるほど、精彩を欠いていた。

いや、それでも動けてはいる。彼は自分の仕事はこなせている。

あるいは、アレクサンダーが雑だから、仕事をなんとかこなせているという状況なのかもしれない。だが、人である以上、限界は来る。

エリスはもちろん、予見眼で相手の動きを予測できている俺も、歴戦の勇者であるルイジェルドですら、息が上がり始めている。

厳しい戦いだ。

常に紙一重の攻防が続けられているのだ。

あと十分もすれば、シャンドルに限界が来るだろう。

「……」

だが、余力はある。

先ほどと違い、俺は魔導鎧《マジックアーマー》一式を着込んでいる。

視線は高くなり、状況も見やすくなり、補助の幅だって広がっている。

シャンドルが凹《へこ》んだなら、今のこの動きを、さらにシャンドルを補助するように変化させればいい。

攻撃パターンに、真下からの土槍《アースランサー》と、真上からの真空波を織り交ぜる。

そして、吸魔石を使う頻度も上げる。

重力を無視し、三次元的な動きをするアレクサンダーだが、それはあくまで、王竜剣の力によるもの。そして、王竜剣の力に、吸魔石が有効なのは検証済みだ。

頻度を上げると俺の援護も減るが、アレクの動きは狭まる。

結果として、シャンドルの負担が三割は減る。

三割は大きいが、所詮《しょせん》は三割。体力を回復し、勝負をつけられるほどではない。

有利ではある。でも、勝利が遠い。

だからもっと、考えなければならない。

……いっそのこと、常に吸魔石を展開するか？

そうすれば、俺の遠距離攻撃も潰《つぶ》れるが、魔導鎧《マジックアーマー》一式の能力なら接近戦もできる。

あのアクロバティックな動きを封じれば、より有利な展開になる……か？

いや、ない。エリスとルイジェルドとシャンドル。

三人は超至近距離で立ちまわっている。あのスペースに、巨大な魔導鎧《マジックアーマー》が入り込む余地はないし、いくらパワーやスピードが同等でも、技術が伴っていなければ足を引っ張りかねない。

でも、時間稼ぎだけならどうだ？

シャンドルを一旦《いったん》下がらせて、体力を回復させる。

ほんの数分。それだけでも大きく違わないか？

待て……アレクサンダーとて北神だ。

あの重力制御がなかったとしても、戦う術《すべ》は持っているはず。

持っていないはずがない。

重力制御は彼の真骨頂ではない。

それを封じたことで一ランク落ちるとしても、俺の近接戦はシャンドルより二ランクか三ランクか、あるいはもっと落ちる。予見眼をもってしても、アレクの動きはまだ読みきれていないのだ。

結果として、エリスか、ルイジェルドに大きな負担が掛かるかもしれない。

彼らはすでにかすり傷を負い始めている。

ほんの指先一本、髪の毛一本分の差で、動脈を断ち切られる可能性だってある。

エリスは全力だ。

先ほどから、息つく暇もなく仕掛けている。でも、ことごとく外されている。アレクがうまいからだ。もしかすると、剣神との戦いで消耗しているのかもしれないし、先ほどのアレクの必殺技でどこかを痛めているのかもしれない。

だとしても、エリスは俺の知る限り、最高のパフォーマンスを見せている。

だが、これもいつまで続くかわからない。

ルイジェルドも病み上がりだ。

つい何日か前まで寝たきりだったのは間違いない。今はいい動きだが、急にストンと落ちることもありうる。

どうする？

今のままでも負けないが、勝てない。俺の魔力は大丈夫だが、いずれシャンドルに限界は来る。

どうする？

何をすればいい？

吸魔石を全力展開し、リスクを覚悟で前に出るか？

それとも、別の魔術で打開を狙うか。仕切り直しをするか。

苦しい。

「くっ！」

そう思った時、アレクサンダーの狙いが、エリスからシャンドルに切り替わった。

エリスへの対応を減らしたことで、アレクサンダーの体の表面に、斬撃による傷ができ始める。

だが、無論、決定打にはなりえないが。

狙いは見えた。

アレクも気づいたのだ。シャンドルをやれば、均衡が崩れることに。

エリスの攻撃を多少無視してでも、シャンドルを落とせば勝利をもぎ取れることに。

ぞっと、背中に何かが走る。

シャンドルの死。続いて、エリスの死。そしてルイジェルドが死に、一対一となれば、俺も殺される。

負ける。

（早めに勝負を決めにいったほうがいいのではないのか？）

俺の中で、生まれてはいけない不安が、焦りが生まれる。

不安により動きを迷い、判断を間違える。小さなミスをし始める。俺が小さなミスをしても、ルイジェルドがなんとかしてくれる。

とはいえ、確実に負担を強いている。

このままじゃダメだ。

何か。何か一手。決定打を打たなければならない。

そう思った時。


「……………！」

決定打が訪れた。

森の奥から訪れた。

最初に吹っ飛んできたのは、鈍色《にびいろ》の鉄の塊だ。

吹っ飛んできて、玉のように転がり、木にぶち当たって止まった。

鉄の塊は、すぐに起き上がる。

だが兜《かぶと》はずれ、分厚い鎧《よろい》はベコベコに凹み、頭からは血が流れ、鼻血も止めどなく、朦朧《もうろう》とした表情だ。

それでも武器は手放さず、純朴そうな顔を精一杯に歪《ゆが》め、己を吹っ飛ばした相手を睨《にら》みつけていた。

ドーガだ。

次に吹っ飛んできたのは、ヒョロッとした人物であった。

すでに鎧はなく、上半身は裸。貧相な肉体がバラバラになりそうな吹っ飛び方で、先に吹っ飛んできたドーガにぶち当たった。

ザノバだ。

そして、決定打。

それは、赤い肌をして、長い牙を持っていた。

身の丈は三メートル近く、筋肉に包まれていて、それが猿のように、上から降ってきた。

タンともトンともダシンとも言えない、なんとも奇妙な着地音で、俺たちの近くに降り立った。

「……!」

鬼神マルタ。

その姿を見た瞬間、全体の動きがピタリと止まった。

同時に俺の体に戦慄《せんりつ》が走る。頭の中をぐちゃぐちゃの思考が駆け巡る。

この拮抗《きっこう》状態。

なぜこっちに来た？

勝てるのか？

勝てない？

一旦引くか。

それとも攻めるか。

「おお！　鬼神殿！」

誰よりも嬉《うれ》しそうな顔をしたのは、何を隠そう、アレクサンダーだった。

彼は、鬼神を見るなり、喜色満面の笑みを浮かべた。

その笑みを見るに、もしかすると彼も苦しかったのかもしれない。

そうか、苦しいのはこちらだけじゃない。拮抗していたということは、彼も苦しいのだ。

そうだろう。

先に進みたい、進みたいと思っているところに足止めをくらう。負けはしない、かといって、突破できる対策も見つからない。あの必殺技を使いたくとも、使えない。そんな状況が長時間続けば、彼とて精神的な疲労はするだろう。

「いいところに来た！」

アレクサンダーの笑顔に対し、鬼神はむすっとした顔をしていた。

むすっとした顔、かつ、「なんでお前らここにいる？」とでも言わんばかりの顔。

先ほど、俺を見たアレクサンダーが熊に遭ったような顔なら、今の鬼神は熊が人間に遭ったような顔とも言える。

しかし、まずい。

この拮抗状態。おそらく十分もすれば崩れるだろう状態で、敵の増援。

「手伝ってください」

鬼神が頷《うなず》いた。

★
★
★

余力は完全になくなった。

俺は常に戦場を動きまわりつつ、二つの標的に対する援護が必要となってしまった。

隙を見て、ドーガとザノバの治療には成功した。

だが、彼ら二人は、鬼神に対して劣勢だ。

鬼神がその巨体に似合わぬ速度で動く度に、ザノバかドーガが吹っ飛ぶ。

ザノバが近くの木を無理やり引き抜いて殴りつけても、ダメージなどまるでないかのように反撃してぶっ飛ばし、ドーガが巨大な斧《おの》を叩《たた》きつけても、蚊にでも刺されたかのように傷一つつかず、逆にドーガをぶん殴り、ぶっ飛ばす。

ドーガも、ザノバも、決して力がないはずではないのに。

それでも、弾《はじ》き飛ばされる。

圧倒的なパワー。

対するアレクサンダーは、変わらず攻撃を続けている。

シャンドルは最後の力を振り絞って、動いているが、戦線を保てているのが不思議なぐらいだ。

いや、不思議ではない。

シャンドルが動けぬ分、ルイジェルドが疲れ始めている。

彼が無理をしているのだ。

やばい。

この状況はやばい。

もはや打開策などと言っている状況ではない。あと数分もすれば、確実に戦線が崩壊する。

撤退しなければならない。

しかし、後ろはない。

オルステッドのところに到達されてしまう。それでオルステッドが死ぬわけではない。きっと二人を同時に相手取っても、彼は勝つだろう。

でも、いいのか？

それでいいのか？

それは、敗北だが、本当にいいのか？

本当に打開策はないのか？

せめて、どちらか片方でも仕留めなければ。

考えろ。何かあるはずだ。俺の使える手札を、フルに使えば、何かできるはずだ。

スクロールのほとんどを失い、なんとか一式を取り戻した。

一式のガトリング、巨体、スピード、パワー。

できることはないか？

何かないか。

何か……！

「くっ……」

ついにシャンドルが膝をついた。

俺は絶望的な気持ちで、鬼神を見つめた。

こいつだ。この暴走機関車を止めなければ、勝ち目はない。

もう一手。もう一手欲しい。やや優勢な拮抗状態から、劣勢な拮抗状態に追い込まれただけ。

まだ、逆転できる。この鬼神をどうにかできれば、ザノバかドーガとシャンドルを交換、シャンドルを後列に配置して、回復させられる。

一手でいいんだ。

一手で。

「アーッハッハッハッハッハァー！」


その時だった。

周囲に笑い声が響き渡る。

と、同時に、俺の腕の付け根が、熱を帯びた。

声に聞き覚えがあったのか、アレクとシャンドルが、バッと顔を上げて、周囲を見渡す。

「随分と面白いことになっているな！」

次の瞬間、黒い何かが茂みから飛び出してきた。

黒い鎧を身に纏《まと》い、一本の剣を握りしめ、まっすぐに鬼神へと向かう。

「ウガアアアアァァ！」

そいつは、鬼神に対して、一撃を見舞った。

ガキンとボギンの間ぐらいの凄《すさ》まじい音が重なって鳴り響き、剣が折れた。

腕でガードした鬼神は、その腕からダクダクと血を流しつつ、数歩、後ろに下がった。

「ハアアァァ！」

黒い何かは、剣が折れても一切気にしなかった。

そのまま肉薄し、鬼神のみぞおちに、鋭い正拳突きを見舞った。

「ぐっ……」

鬼神は一瞬前かがみになり、そこに左フック。

首が一瞬、ぐりんと回ってよろめくが、しかし倒れない。

鬼神は怪我をしていない腕を振り上げて、黒い何かをぶん殴った。

黒い何かは数メートル後ろへと飛び、空中で羽を広げ、ふわりと地面に降り立った。

「アーッハハッハッハ！　いいぞ、いいぞ、いい感じだ！」

魔神語にその姿。俺は息を呑《の》んだ。

「アトーフェ様……！」

不死魔王アトーフェラトーフェ。

魔大陸で誰よりも恐れられる人物が、そこにいた。

「なんで……」

彼女は俺に振り返り、顔を獰猛《どうもう》に歪めて、笑った。

「ククク、分体より貴様のピンチを嗅ぎとって、決戦が近いと思って急いで来たのだ！　何がどうなっているかはさっぱりわからんが、間に合ったぞ。鬼神に、アレク……ククク、フフ……アハ、アーッハハッハッハァー！」

アトーフェは笑う。何がそんなにおかしいのかと思えるほどに笑う。

不気味な笑いは森にこだまし、アレクサンダーを呆然《ぼうぜん》とさせている。

しかし、分体とは……。

そうか、この腕か。状況が正確には伝わっていないようだが、しかし、間に合った。

アトーフェが来た。戦力十分。

これならいける。

「この場にいる全員、このオレ、魔王アトーフェラトーフェ・ライバックが消し去ってやろう！」

全員は勘弁してください。

くそっ、ムーアはいないのか。

他の親衛隊の面々は？　手綱を引く者はいないのか！　野放しか！

「と、言いたいところだが……」

アトーフェは、鬼神と相対した。

背の高さは二倍ぐらい違う。アトーフェも女性にしては大きいほうだが、それでも鬼神はでかい。

縦も横も奥行きも。

「鬼神マルタよ！」

「次は、お前が我輩と戦うのか？」

鬼神の口から出たのは、流暢《りゅうちょう》な魔神語だった。

外見に似合わず、威厳のある喋《しゃべ》り方をする。さすがは神級といったところか。

「貴様の島、鬼ヶ島は、我が親衛隊が占拠した！　おとなしくここから去れ！　去らねば、皆殺しだ！」

「……！」

鬼神は、ギョッとした顔でアトーフェを見た。

その真意を探るように。今の言葉が、嘘《うそ》か真《まこと》か。しかし、一つだけ言えることがある。

アトーフェが嘘をついたり、駆け引きができるとは思えない。

「無論、オレは皆殺しでも構わんぞ！　むしろその方がいい！　そうだ、その方がいいな！　よし、掛かってこい！」

大きく手を広げて構えるアトーフェ。

その姿、その言葉に信憑性《しんぴょうせい》を感じたのか、鬼神の行動は劇的だった。

一瞬、体を溜《た》めると、猿のように跳躍した。木の上に。

そして、そのままこちらを見下ろした。

「ちょ……！　鬼神さん!?」

慌てたのは、アレクサンダーだった。

鬼神はその時、初めてアレクの方を見た。どうでもいいものを見るような目で。

そして、言った。

「おで、帰る。島、大変」

口から出たのは人間語。

憶えたばかりのようなまった人間語。鬼神は、人間語より魔神語の方が得意なのか。

しかしバイリンガルである。アトーフェは人間語など喋れないというのに！　魔神語は喋れるが、話は通じないというのに！

「は？」

鬼神は、そのまま、木を飛び移りながら、森へと消えていった。

呆然と見送るアレクサンダー。

もっとも呆然としていたのは、彼だけじゃない。俺も、ルイジェルドも、シャンドルも、目を丸くしていた。

そして、一人残った。

アレクサンダーが一人。

俺と、エリスと、ルイジェルドと、シャンドルと、ザノバと、ドーガと、アトーフェに囲まれて、残った。

鬼神は帰ってしまった。あまりに呆気《あっけ》なく。

「さぁ、敵は一人だ！」

「お、お祖母様《ばあ》……」

敵に回った父。話の通じない祖母。同情すらも禁じ得ない状況に毒気を抜かれ、どうしようかという空気。

だが、この場には一人だけ、そんな空気を読まない人間がいる。

「ガァァァ！」

エリスはその隙をついて、アレクに渾身《こんしん》の一撃を放っていた。

「っ！」

アレクは、防御した。

防御だ。回避でも、受け流しでもなく、防御をしようとした。

剣神流の必殺技、『光の太刀』を。

ガード不能の必殺技を、ガードしようとした。

気づけば、アレクサンダーの左手が、中空に飛んでいた。血しぶきを上げながら。クルクルと。

「あっ」

その腕がボタリと地面に落ちた。

それが、戦いの再開の合図となり、そして決定打となった。

開始された戦いは、形勢などあってないようなものであった。

あるいは両手が使えれば、まだアレクサンダーにも打つ手があったかもしれない。

だが、その打つ手は、すでに斬り飛ばされてしまった。拮抗したハイレベルの攻防に、左手なしでは戦いにならない。

そう、もはやそこからは、戦いではなかった。

ほんの五分。

あっという間に傷だらけになったアレクは、無様にも逃げ出した。

★　★　★

「はぁ……はぁ……」

それは、戦術的撤退ではなかった。

ただ息を切らし、怯《おび》え、恐ろしいものから逃げるような敗走だった。

北神。七大列強の一人とは思えない。

いい高校に入り、いい大学に入り、いい企業に就職し、しかしそこで初めて挫折を味わった新入社員のように。無様で、そして焦燥感に駆られる敗走だった。

しかし、そこで終わりだ。逃げ場などない。

アレクサンダーは、ほんの一時間、無様に逃げ続けた後、谷まで戻ってきた。

追い詰めた。

追撃戦についてこられたのは、五人だ。

アレクが逃げ出した瞬間、ザノバは倒れ、ドーガもその場にへたり込んでしまった。

だが、まだ五人。

シャンドルに、アトーフェ。エリスにルイジェルド。

そして俺。

目の前には、谷。飛べるような狭い場所ではなく、ゆうに幅三百メートルを超えるだろう断崖絶壁。

逃げ場はなく、戦力は十分。

「くそ……」

追い詰められているのか。それとも演技なのか。アレクサンダーは息を切らしながら、崖の縁で立ち止まった。

余裕がないようには見えるが、油断はならない。

片腕を失ったといえども、彼は元々王竜剣を片手で操っていた。重力を操る王竜剣の前では、片手などあってないようなもの。奥の手を隠している可能性もある。

よく腕を斬り落とされる俺が言うのだ、間違いない。

と、思うのだが、アレクサンダーの顔には、恐怖が張り付いているように見える。

でも北神流だし油断はできない。

「もう、諦めなさい。ないだろう。君に、この状況を打破する術《すべ》は」

シャンドルがそう言うからには……やはり彼に逆転の目はないということか？

「そうだ、おとなしく死ぬがいい！」

「母さん、今は僕がアレクと話してるから、ちょっと黙ってて」

「む……ああ……」

口を挟んだアトーフェだが、シャンドルに黙らされた。

あのアトーフェがおとなしく。そうした光景を見ると、やはりこいつらは家族なのだなと再認識。

全然似てないが。

「こほん……オルステッドとの戦いに備えて力を温存し、片腕を飛ばされた時点で、君の負けだ。どんな時でも相手を舐《な》めるなと、昔教えただろう」

手加減からの、取り返しのつかないミスをしての敗北。

よくあることだ。特に、格下をナメてかかっている時に。

「剣を捨てて、投降しなさい。君の親として、悪いようにはしないから」

シャンドルの優しい言葉。

『親として』。

この数年で、俺もその言葉には随分と弱くなってしまった。

本当なら、スペルド族をも皆殺しにしようとした彼を許してはおけない。

でも彼はヒトガミの直接の使徒ではなく、ギースの使徒っぽいし、未遂だし……アレク君が泣いて謝るなら……まぁ、でも、うーん……。

見たところ、彼は若い。

若きこと、パウロの如きだ。

実年齢についてはわからないが、俺の親となったばかりの頃のパウロより、ずっと若いだろう。

幼い、と言い換えてもいい。

なら、今からでもきちんと学び直せば……。

と、そこでふと思った。

そんな幼い子が、こんな上から目線の物言いを、素直に聞くのか。

「嫌だ！」

だろうな。

「僕は全力で戦ったわけじゃない！　左手のコレだって偶然だ。鬼神が逃げなければ、こんなことにはならなかった！」

「それも君の敗因だよ」

「仲間に頼るなっていうのか!?　お前たちだって複数人で戦ったくせに！」

「英雄は、仲間のせいにはしない。いざという時には仲間に助けてもらうが、たとえ途中で仲間の助力がなくなっても、勝つものだ」

シャンドルはハッキリと言い切った。それ以外に正解はないと言わんばかりに。

そのせいか、妙に説得力があった。

彼がどんな英雄伝説を紡ぎ出してきたのか、俺も細部まで知っているわけではないが……さすが引退英雄というべきか。

「それに、君の敗因はそこだけじゃない。戦略だよ。全力で私たちを叩いて、それから一旦引いて、回復してから再挑戦すればよかったんだ」

「オルステッドを叩くチャンスが、そう何度もあってたまるか！」

「そう、誰かに仄《ほの》めかされたのか？」

「……………！」

図星をさされた顔をしていた。

ギースだな。オルステッドは、ヒトガミの視界に映らない。そして、オルステッドは長らく、行方不明とされていた。シャリーアに来れば会える、というのはあくまで俺だから知ってることだ。

ここでしか会えない、今しか戦うチャンスがない、と思っても仕方ないかもしれない。

特に、アレクサンダーはまだ若い。

英雄になりたい、という言葉も、父親を超えたい、という言葉も、若さからくるものだと思う。

次なんてない、目の前にあるチャンスは全てモノにしたい。

そう思っても仕方がない。

ちょっと強引すぎるが、その姿勢そのものは、応援できるものだ。

「君はもっと、同世代の、同じ目標を持てる友達かライバルを見つけるべきだったね」

「うるさい！」

シャンドルの憐《あわ》れむような言葉にアレクが叫び、剣を構える。

エリスたちもそれに呼応するように、剣を構える。

俺もまた、構えた。

五対一。

勝ち目などあるはずがないのに。

「僕は、まだ、負けてない！　英雄は、ここから逆転する！　お前たちはみんな倒す！　スペルド族も滅ぼす！　そしてオルステッドだ！　龍神を殺し、僕は英雄になる！」

剣から何かが発する気配を見た瞬間、俺は左手を上げた。

「『腕《かいな》よ、吸い尽くせ』」

重力が一瞬だけ狂った。

エレベーターに乗った時のように、一瞬だけ体が浮きかけるが、すぐに地面へと戻る。

「ウリャアアァァァ！」

次の瞬間、アレクは剣を振り抜いていた。

俺を含む五人が、散開するように背後へと飛ぶ。

だが、アレクの狙いは誰でもなかった。

「くっ！」

地面だ。

アレクは地面に巨剣を叩きつけ、破壊した。一瞬にして土砂が舞い散り、視界が埋め尽くされる。

煙幕の中、攻めてくるのか。

そう思って身構えた時、俺の千里眼が、土煙の隙間を捉えた。

後ろ向きに、谷へと落ちていくアレクサンダーの姿を……。

まさか、自爆したのか。自分の斬撃で吹っ飛ばされて、落ちたのか……？

違う。アレクの顔には、笑みが張り付いている。

いやらしい笑み。勝利の笑み。

いや……そうだ。

アレクは、橋から落ちても、戻ってきた。

王竜剣の能力は、重力操作。谷底に落ちても、簡単に上がってくることができる。

「……！」

次の瞬間、俺は跳んだ。

アレクを追って、谷へと。

第七話「アレクサンダーvsルーデウス」

落下する中、俺は千里眼でアレクサンダーの姿を捉え続けていた。

そして、俺が落下を始めた途端、アレクが俺の姿を捉えたのもわかった。同時に、ギョッとするのも。

みるみるうちに距離が詰まっていく。

彼は王竜剣で落下速度を制御しているからだ。

俺はまず、そのアドバンテージを消す。

「『腕《かいな》よ、吸い尽くせ』！」

アレクの落下速度が通常に戻る。

だが、慣性の法則がある。速度の乗った俺は、急には止まれない。

風魔術で落下速度を抑えるか……？

いいや、重力は武器だ。闘気の纏《まと》えない俺は、物理法則を武器にする。

衝撃波を使い、位置修正と同時に加速をつけ、落下方向を、まっすぐにアレクへと向ける。

「おおおおぉぉぉ！」

相対速度をそのままに、俺はアレクを殴りつけた。

アレクは剣を盾にそれを受けるも、勢いは殺されず、岩壁に叩《たた》きつけられる。

その間にも、吸魔石は使い続ける。反動で俺も岩壁が近づくが、衝撃波を起こして体勢を立て直し、岩壁を蹴り、加速。

もう一度、アレクに追いつく。

「おらぁぁぁ！」

殴る！

衝撃波で加速して、殴る。

相対速度を作って、殴る、殴る。

物理法則で殴る。

「あああああ！」

アレクは叫んだ。

中空でただ殴られるだけの現状に、わけがわからなくなっているのか。

俺だってわからない。俺の仕事は援護だったはずなのに、なんでこんなことをしているのか、まったくわからない。

ただ、逃してはいけないと思った。

こういう、モラルの欠如した力のある子供を野放しにすると、誰かが割を食うと思った。

そして、割を食うのは、敵である俺の方だと思った。
俺の仲間か、家族か、誰かが。
「あああああああ！」
俺もわけもわからず叫んだ。
アレクとシャンドルの話を聞いていなかったわけじゃない。
こいつは反省すれば成長すると、そう思わなかったわけじゃない。
天秤《てんびん》にかけたわけじゃない。
でも、殴った。
加速して、殴りつけて、加速して、殴りつけて、加速して、殴り続けて……。
凄《すさ》まじい速度で谷底に激突した。
俺もアレクも。

★
★
★

土煙の中、体を起こす。
今の落下で、周囲には青い胞子のようなものが飛び散っている。視界が悪い。
ひとまず、俺の体は無事だった。
さすが魔導鎧《マジックアーマー》一式、頑丈だ。

ちょっとヒビが入ったが、それでもまだまだ動く。

「ふぅ……」

そして、アレクもまた、無事だった。

だが、完全に無事とはいかないようだ。鎧《よろい》は砕け、片足はあらぬ方向に曲がっている。

だが、それだけだ。

闘気がその身を守ったのだろう。

片足で立ち、こちらを見ていた。痛そうな顔一つ見せていない。

化け物だな。

「……一人で追ってきたのか」

アレクは俺を見て、ぽつりと呟《つぶや》いた。

「いい度胸だ」

俺は上を見た。

真っ暗闇の中、地竜《アースドラゴン》がうごめいているのが見えるが、誰かが降りてくる気配はない。

まぁ、すぐにアトーフェあたりが降りてくると思うが。

空飛べるし……。

「お祖母様《ばあ》は古い人だ。僕が落ちて、君が追った。なら、誰も後は追わせませんよ」

「そんな馬鹿な」

「あの人は、いくつになっても、魔王と勇者の一騎打ちに憧れているんだ」

それはちょっとわかる。

アトーフェは乱暴だが、何かへんなこだわりのようなものがあるのを感じる。自分が戦う時は、親衛隊にも手を出させないしな。

「僕にとって幸運だ」

「……何が？」

「この怪我だ。追ってきたのがエリス・グレイラットか、ルイジェルド・スペルディア……。あるいは父さんか、お祖母様だったら、ここで終わっていた」

「俺だったら、終わらないと？」

「君に負ける気はしない」

自信満々だ。

アレクは、重傷だ。片手、片足を失っている。

俺は魔導鎧《マジックアーマー》を着ている。長時間の戦いで魔力はかなり使ったが、援護に徹していたこともあって、怪我らしい怪我もない。万全だ。

「舐《な》めすぎじゃないですか？」

「そうでもない。君は闘気も纏えない上、反応速度も遅い、油断だらけで脇も甘い。北帝ドーガに眠り薬を飲ませたのにも気づかず、一人になり、谷に落とされる。覚悟も警戒も足りない、未熟な半端者だ」

それに関しては、返す言葉もない。

確かに、俺はそうだろうさ。あふれんばかりの魔力を持っていても、無能のままだ。

今回だって、アトーフェが来なかったら、危なかった。

「だから、ここから戦っても僕は勝つし、逃げきれる。ここから逃げきれれば、勝利は目前だ」

「俺を倒しても、味方はいませんよ？　鬼神《きしん》も逃げたし、剣神も死んだ……。俺がいなくても、あんたに勝ち目はないはずだ」

本当に剣神が死んだかどうかは俺も確認はしていないが。まあ、やっただろう。エリスだもの。

「いいや、英雄は勝てる。そういう風にできている。現に今、君は落下中に仕留めきれなかった。僕が身動きが取れず、攻撃を受け続けるしかなかった状態で、決めきれなかった」

それが答えだと言わんばかりの態度。自信満々だ。

でも、確かに今、彼は自分の足で地面に立っている。

「僕は、勝つ。君にも、父さんにも、お祖母様にも、オルステッドにも。全てを倒して、歴史に名を刻む。史上最強の剣士として。北神カールマンといえば、まさに三世アレクサンダーのことだと言われるように。彼こそが歴代で最強だと言われるように」

満身創痍《まんしんそうい》だが、攻撃を受け続けるしかできない状態ではない、今の彼は勝機が皆無ではない。

勝機が見える状態だ。

その勝率が何％かわからないが、彼は勝利を引き寄せられると思っている。ここ一番の勝負で、俺に勝てると思っている。

英雄になりたいから？

いや違う。今まで、こうした危機を乗り越えてきたからだ。

彼は今、追い詰められているのを自覚している。俺のことを少し舐めてはいるが、今までのように、手を抜いた戦いはしない。全力で俺を潰《つぶ》し、逃げるつもりだ。

相手は北神カールマン三世。

世界最高クラスの剣術と、世界最強クラスの魔剣を持った、七大列強。

窮鼠《きゅうそ》ではなく、手負いの獣。

対する俺は、ここ一番の勝負で勝利にもっていけたことは、あまりない。事前に準備して圧倒するか、力の差を越えられずに敗北するか、どちらかしかない。

彼もそれを、察知している。乗り越えてきた困難の中で、俺が勝利を引き寄せられないタイプだと見抜いている。

あるいは、ギースかヒトガミから聞いたのかもしれないが……。

「…………最後に一つ聞いておく。お前は、ヒトガミの使徒か？」

「いいや違う。僕も剣神も、ギースに情報をもらっただけだ。彼の手伝いをしているのは、否定しないけど」

「そうか」

じゃあ、最後の一人は誰だろうか。

いや、考えるのは後にしよう。今は、とりあえずこいつを倒さなきゃいけない。

ん？　待て、無理だったら、逃げてもいいんじゃないか？

戦力はある。ここで無理をする必要はない。

アレクサンダーの他に一人残っているというのなら、ここは温存するべきじゃないか？

剣神は倒し、こちらの被害はない。なら、ここは引いて、確実に勝てる状況を作るべきじゃないのか？

「……いや」

違う。そうじゃない。

俺の背後にいるのは、オルステッドだ。

そこに一人も通さないのが、勝利条件。オルステッドのところに一人や二人を通しても、ひとまず、重大な問題が起きるわけじゃない。ただ、オルステッドの貴重な魔力が使われるだけだ。

恐らく、八十年ぐらいあればなんとか確保できるであろう量の魔力が。

そう思えばこそ、今、俺は、緩んでいる。戦闘開始直後より、確実に緩んでいる。

剣神を倒し、鬼神を退けた。

目の前の北神は満身創痍で、今にも倒れそうだ。

その上、ここで北神を逃しても、まだ仲間は健在。仲間が突破されても、オルステッドには余裕がある。北神カールマン三世となら、オルステッドもやり慣れているだろう。スペルド族を守りながらでも、戦えるだろう。

そんな状況で、俺は緩んでいる。

負けてもいい、余裕がある、と思ってしまっている。

ここだ。

アレクが言っている「負けない要素」は、ここだ。

そして、思い返せば、いつも、ここだった気がする。ここで安全マージンを取ろうとして、一歩引くから、ここぞという時に一歩が及ばない。

それを、アレクは嗅ぎ取っている。

波、勢い、ツキ、流れ、そういうものはある。

そういう抽象論はあまり信じていないが……それでも、ある時は、ある。

俺がここで引くか、あるいは敗北することで、アレクは何かを得て、俺は何かを失う。

それは、口にはできない、想定以上の、何かだ。

「……」

だから、負けられない。

今、ここで負けてはいけないし、引いてもいけないんだ。

リスクを負って、勝ち取りにいかなきゃいけない場面なんだ。

ここだ。

ここが分岐点。

ここで、全力を振り絞り、本気を出せるかどうか、だ。

「……俺は龍神配下、『泥沼』のルーデウス・グレイラット」

「！　我が名は『北神』アレクサンダー・カールマン・ライバック！」

最高の生産魔法師、頼れる仲間たちと
最強ホワイト国家を築きます！

生産魔法師のらくらく辺境開拓
～最強の亜人たちとホワイト国家を築きます！～ 1

著者●苗原一　イラスト●らむ屋

B6・ソフトカバー

ブラックな騎士団で生産魔法師をしていたヨシュアは、団と袂を分かち旅に出た。そんな彼は鬼人族の姫を助けたことで彼女たちの集落に招かれ、極限まで研鑽した生産魔法で亜人たちの手助けをしようと決意する――!!

MFブックス

オトナのエンターテインメントノベル

解雇された写本係は、記憶したスクロールで魔術師を凌駕する ～ユニークスキル〈セーブアンドロード〉～ 2

次なる舞台は王都! 過去に縛られた仲間の窮地に写本係は立ち向かう!

著者●嵐山紙切　イラスト●寝巻ネルゾ

B6・ソフトカバー

魔術師の襲撃から街を救ったスティーヴンは、ある日『守護者』を名乗る二人組に王都へ連行されてしまう。冒険者であるマーガレット一行は彼の後を追うが、そこで魔術師と守護者の戦いに巻き込まれてしまい——。

アラフォー賢者の異世界生活日記 15

大賢者ゼロス、美人シスター&美人傭兵と嬉し恥ずかし初デート♪

著者●寿安清　イラスト●ジョンディー

B6・ソフトカバー

廃坑ダンジョンから無事帰還を果たしたゼロス。だが彼は、人間の発情期とも言うべき【恋愛症候群(ラブ・シンドローム)】への対応を迫られることに。発症中のルーセリスとジャーネとともに、彼が取った行動とは!?

無職転生 ～異世界行ったら本気だす～ 25

デッドエンド再び!? 手に汗握る決戦の勝者は……?

著者●理不尽な孫の手　イラスト●シロタカ

B6・ソフトカバー

各地の通信石版と転移魔法陣が機能停止する中、スペルド族の村へ集結するルーデウスの仲間たち。一方、地竜の蠢く谷底に落とされたルーデウスの運命は……?　人生やり直し型転生ファンタジー、激動の第二十五弾!

株式会社KADOKAWA　編集:MFブックス編集部　MFブックス情報
No.99 2021年9月30日発行　〒102-0071 東京都千代田区富士見2-13-12
TEL.0570-002-001（カスタマーサポートセンター）

発行:株式会社KADOKAWA
KADOKAWA

覚悟を決めた。

「あああああぁぁぁぁ!!」

大声を出す。

腹の底から声を出す。

「オアアアアァァァァ！」

アレクもまた、大声を上げて、剣を構えた。

右手に剣。左手は無いので添えるだけ。右足を前に。折れた左足も地面を踏みしめて。

彼に向けて走った。

作戦なんてなかった。遠距離からの攻撃はダメだと直感的に思った。俺はアレクに向かって、低姿勢で走った。

ただ、寸前。脳裏に浮かんだものがあった。

エリスの姿だ。

俺はとっさに右腕のガトリングを持ち上げ、渾身《こんしん》の岩砲弾《ストーンキャノン》を撃ち込んだ。

「！」

アレクは突進する俺を見て、一歩踏み出し、雨のように降り注ぐ岩砲弾《ストーンキャノン》を見て、一瞬だけ躊躇《ちゅうちょ》したように右足を下げた。

しかし、その岩砲弾《ストーンキャノン》は次々と消滅する。アレクの眼前で、吸魔石の力で砂のように粉々になりながら。

俺はとっさに左側へと体を傾けた。

アレクの構える剣の間合いの中であることは理解している。でも突っ込む。突き出した右手を腰だめに引く。胸を地面にこすりつけるように前のめりになる。

アレクの左横に右足を突き立てる。

「リャ……アアアァァァ！」

アレクの肩が動く。

銀閃《ぎんせん》が走った。

右肩のあたりに衝撃、魔導鎧《マジックアーマー》の一部が弾《はじ》け飛ぶ。

しかし腕は切れていない。

それだけわかれば、それ以上の傷の程度は確かめず、しっかりと大地を踏みしめ、右拳を――。

《アレクの足に力が入る》

飛ばれる、回避される。

そう思った時、俺は左手に魔力を込めた。

吸魔石への魔力供給を切り、別の魔術を。使う魔術は決めていない。

ただ、飛ばさせまいという意志を、左手に、魔力に込めて、アレクの足へと――。

「っ!?」

アレクの足が、一瞬、ふわりと浮いた。

「アアアァァ！」

叫びながら、俺は右拳を振り上げる。

ガトリング砲のついた拳を、思い切り、振り抜く。

ドンと、拳に感触。

そのまま、アレクを岩壁に叩きつけた。

「『撃ち抜け』え!!」

全力でガトリングに魔力を込めた。

岩砲弾《ストーンキャノン》が削岩機のように撃ち込まれ、崖にヒビが入る。

だが、それでも止めない。俺はさらに魔力を込めた。もっと強い弾を、もっと連射する。

それだけを考えた瞬間、右手に違和感。

ガトリングに一瞬でヒビが入り、粉々に砕けた。

「アアアアァァァ!!!」

それでも俺は右手に魔力を込める。

作り出すのは岩砲弾《ストーンキャノン》。

最もたくさん作り、最も慣れた岩砲弾《ストーンキャノン》。

それを、撃つ。

撃つ、撃つ、撃つ。

「ああ、ぁぁ、はあ……」

叫び声が枯れ、ため息に、疲れた息に変わるまで。

俺は、撃ち続けた。

「はぁ……はぁ……」

そして、離れた。

壁に完全に埋まっていた魔導鎧《マジックアーマー》の右手が、根元からボロリと取れた。

根元……先ほど、アレクに一撃を食らったあたりか。アトーフェハンドがなければ、俺の右腕ごと斬り落とされていたかもしれない。

「……」

岩壁の中には、肉塊が見えた。壁と魔導鎧《マジックアーマー》の拳の隙間《すきま》から、赤い血がダラダラと流れている。

ぴくりとも動かない。

ふと、近くを見ると、剣が落ちていた。つい先ほどまで、アレクが握っていた剣。

王竜剣カジャクト。

俺はそれを、残った左手で拾い上げた。

二メートル近い巨剣。

それを持ち、再度、岩壁を見る。

「……」

血が流れている。

壁と、壁に打ち込まれた拳の隙間から、赤い血が流れている。

何も動くものはない。静かに、血だけが流れている。

上を見ると、大量の地竜《アースドラゴン》がうごめいているのがわかるが、この一帯だけ異様に静かな気がする。

ただ、俺の手には感触が残っていた。

確実に仕留めたという手応えが残っていた。

「やった」

知らず、俺の口から、言葉が漏れた。

なぜ勝てたのか。

ただ、紙一重だったと思う。もう一瞬、踏み込みが遅ければ、あるいは、アレクが躊躇しなければ。アレクの斬撃は、俺を魔導鎧《マジックアーマー》ごと、両断していただろう。

エリス的な動きは、うまくいった。

ガン攻めだけど、変則的で妙にタイミングがずれる、あの感じ。

岩砲弾《ストーンキャノン》でフェイントをかけて、いつもより一歩、いや半歩深く踏み込むことで、間合いを外すことに成功できた。

あれが、エリスの攻めだ。

エリスはこうしたハイリスクな動きを無意識に、できる時にだけやっている。

だから、勝つ。首筋から血をダラダラと流しながらも、最後には立っている。

もっとも、俺の動きは、エリスほどではない。できる時かどうかという判別はついていなかった。

俺自身も、あの領域で動けたわけではないはずだ。

アレクの足あるいは手が片方使い物にならなくなっていなければ、あるいは俺をナメていなければ、こうはならなかったはずだ。

そして、最後、アレクの足を浮かせたあの感触。

今までに、使ったことのない魔術の感触。もしかしてあれは、重力を操ったのだろうか……。

いや、アレクが王竜剣による重力操作をしようとしていて、俺が吸魔石への魔力を切ったから、予期せぬタイミングで発動しただけかもしれない。

今となってはわからない。

最後は運だったかもしれない。

でも、俺はこの勝利を、運だけだとは思わない。

「勝った」

ぐっと、拳を握り、上へと突き上げた。

★
★
★

一式で地竜《アースドラゴン》を蹴散らしつつ谷から上がってきた時、周囲には人がいた。

討伐隊の面々だ。橋がなくなり、神級の三人もいなくなり、どうしていいかわからなくなって立ち往生していたようだった。

彼らは俺を見ると、蜘蛛《くも》の子を散らすように逃げ出した。

俺の姿を悪魔か何かかと思ったのかもしれない。

俺はひとまず、現場指揮官――ビヘイリル王国の騎士と思《おぼ》しき者を何人か捕まえ、剣神と北神が死んだことを伝えた。

そして、これ以上スペルド族を討伐しようとするなら、こちらには反撃の意思もあることを伝えた。

だが同時に、依然として和平交渉の準備があることも伝えた。

和平交渉の内容は、以前とさほど変わらない。

攻められて怒ってはいるが、ギースが国王か、それに近い位置にいるなら、それすなわちヒトガミの仕業だ。

寛大な姿勢を崩すつもりはない。

だが、念のため、二人ほど捕まえて捕虜としておいた。

ギースが国王に化けているのなら、あまり意味のないことかもしれない。

だが、騎士の全てがギースの手先というわけでもなく、国内の重鎮全てがギースの手の内ということもあるまい。今回のことが耳に入り、騎士が無事に帰ってくるなら、世論だって味方するはずだ。

どうしてもダメなら、移住してもらうしかないが……まぁ、それでも時間稼ぎにはなる。

そう思いつつ帰ろうとして、俺はふと、石碑を見つけた。

七大列強の石碑だ。

そこの端。

一番下のマークが見覚えのあるものに変わっていた。

「……」

三つの槍《やり》が組み合わさったような形をしたマーク。

ミグルド族のお守りの形。

俺が七大列強になったということだろうか。

トドメを刺したのは俺だが、四人で戦ったし、どうにも実感は湧かない。あるいは、俺ではなく、ルイジェルドあたりのマークかもしれない。エリス……ではないと思う。

「……」

正直、あまりいい気分にはなれない。こんなものになったからって、どうだというのだろうか。

しかし、なってしまったものは仕方がない。

俺はエリスたちのところに戻ることにした。

★★★

その後、谷を渡って、エリスたちと合流した。

「どう、なりましたか?」

真っ先にそう聞いてきたのはシャンドルだった。

谷底でアレクにトドメを刺したことを伝えると、彼は「そうですか」と寂しそうな顔で苦笑した。

「お前は勇者だ。勇者を侮った魔王は負ける。昔から、そう決まっている」

アトーフェの表情は、あまり変わっていなかった。

だが、少しだけ悲しいのだろう、言葉の内容は彼女に似合わないセンチなものだった。

「……」

アレクは死んだ。

彼は、まだ子供だったと思う。

才能があって、ただ上を目指すことだけを考え……将来もあったと思う。

そんなアレクとシャンドルとの会話には、思うところもあった。

アレクに、もっと長いスパンで物事を考えてほしいとか、ひとまず今は懲らしめて、後で反省してもらおうとか、そういう甘い考えもなくはなかった。

殺意や憎悪があったわけではない。

ただ、敵だから殺した。あそこで逃げられたら、後で後悔する、いまここでやらないと、と思って、殺した。

だから、謝罪する気はない。

これは、戦いだ。向こうはこっちを殺すつもりだった。そういうものだ。

「やったわね！」

対照的に、エリスは嬉《うれ》しそうな顔をしていた。

特に、石碑の文様が変わったことを伝えると、腕を組み、口の端をニンマリと持ち上げて、鼻息を荒くしていた。

魔導鎧《マジックアーマー》を着ていなければ、抱きついてきたかもしれない。

きっと柔らかかっただろう。惜しいことをした。

「……」

ルイジェルドは特に何も言わなかったが、その顔は疲労の色が濃かった。

戦いの最中も思ったことだが、やはり限界が近かったらしい。

病み上がりの体であの戦いは、さすがにきつかったのだ。

だが、誰もが怪我らしい怪我はせず、勝利を得ることができた。

しかし、さて、他はどうだろうか。

そう思いつつ、俺たちはスペルド族の村への道を急ぐことにした。

剣神の死体を燃やしたために黒焦げとなった場所、北神の攻撃で出来たクレーター、そして、鬼神との戦いでなぎ倒された木々と、獣道。

それらを眺めつつ、もと来た道を戻っていくと、ザノバが倒れていた。

横で、ドーガがぐったりとした顔で、しゃがみ込んでいる。

ザノバは、眠っているようだった。仰向《あおむ》けになり、真っ青な顔で。

死人のように？

「……ザノバ。起きろ、終わったよ」

魔導鎧《マジックアーマー》の上から、そう呼びかける。

しかし、反応はない。

「ザノバ……？」

数秒、森から音が消えた。

風が止まり、何の物音もしなくなった。

「え？　ザノバ？　嘘《うそ》だろ？」

「……」

「返事しろよ……」

ザノバは返事をしない。その顔を空に向けて、死体のように黙りこくるだけ。

死体の、ように。

「……フンッ！」

唐突に、エリスがザノバの頭を蹴り飛ばした。

「フガッ!?」

「帰るわよ！　さっさと起きなさい！」

「……？　おお！　これは失敬！　いつしか眠っていたようですな」

ですよねー。

しかし、死んでいてもおかしくはなかった。

ザノバとドーガは劣勢だった。もし、偶然俺たちと遭遇できなければ、ザノバが物言わぬ死体となっていても、おかしくなかった。

そう思いつつ、ザノバたちの吹っ飛んできた道を見る。

道のあちこちに、戦いの跡が見られる。

引っこ抜かれた木、叩き折られた木、斬撃の跡、いくつもの小さなクレーター。

よく、勝てたものだ。

いや、鬼神には勝ってないか。鬼神は帰ってしまった。

「そういえば、アトーフェ様はどうしてここに？」

「んっ？　教えてほしいか？」

「教えてください」

「うむ、実は――」

アトーフェの説明は拙く、わかりにくいものだった。

擬音が多く、半分も理解できなかったように思う。

「要するに、過去の大戦の時の転移魔法陣が残っていて、それを使ったと」

「来《きた》るべき時に備えて、見つけておいたのだ！」

まずいなぁ。

悪名高いアトーフェが転移魔法陣を使ったなんて知れたら、各地に転移魔法陣を作ってまわっている俺に悪名がくっついてしまうかもしれない。

いやまぁ、今さらか。

それにしても、これで終わり……か。

勝機だと思ったのは確かだが、過ぎてしまえばあっという間だ。

まだ鬼神がどうなるかわからないが、敵はもう残り少ない。

「……」

終わりだと思うと、急に、隣を歩くエリスから、甘い匂いが漂ってきた気がした。

厳しい戦いの後だからだろうか。生存本能が刺激され、生殖本能が活性化されたのかもしれない。

今晩あたり、どうだろうか。

解禁のルーデウスなのではなかろうか。

「いやいや」

禁欲のルーデウスは、ギースを倒すまで、だ。

そうだ。大体、まだギースの姿も確認していない。鬼神も逃げただけだ。どうなるかわからない。

使徒だってまだ一人残っている。

終わってはいないのだ。

でも、ギースは未《いま》だに姿を現さない。すでに情報網は滅茶苦茶で、捜すこともままならない。逃げられていても、わからんだろう。

……もしかすると、それが目的だったのだろうか。決戦だ、ここで決着だ、と思っていたのは俺だけで、ギースは逃げるつもりだったのだろうか。

今頃、最後の使徒を引き連れて、国境を目指している……とか？

今回の戦いで、各地に散らばっていた俺の情報網は、スペルド村に集まってしまった。

転移魔法陣も、通信石版もない。国境でギースの姿を見つけられても、追いつく術《すべ》はない。逃げるだろうな。

冥王が倒され、剣神と北神が暴走して劣勢となったら……。

戦力の八割を陽動に使い、手綱がついている奴だけでも確保し、俺たちを引きつけ、その間に脱出。今回は見切りをつけて、次回に。

俺だったら、そうする。

「ふぅ……」

まだ油断はできない。

が、ひとまず、ここでの戦いは終わりだ。

さすがに疲れた。今日はもう、戦えない。後のことは、他の奴に任せよう。

ギースは仕留めきれなかったが、冥王、剣神、北神を倒した。

ルイジェルドとスペルド族は味方についた。

ビヘイリル王国と鬼神は、ギースが何をやったかによるが……これからの交渉次第だろう。

こちらの被害は、事務所が破壊されたことぐらいか……。

お陰で、転移魔法陣も全滅。しばらく移動できないが、手は打った。もっと大きな被害を予測していただけに、悪くはない。

そんなことを考えているうちに、スペルド族の村が見えてきた。

俺たちの気配を察したのか、柵の上から、スペルド族の子供たちが見ているのがわかった。

続いて、入り口から、村を守っていた戦士たちが出てくる。

さらに、エリナリーゼ、クリフ、ノルン、ジュリ、ジンジャー……顔色を見るに、無事そうだ。

俺は、魔導鎧《マジックアーマー》から降りた。

なんだかんだで大量の魔力を使ったせいか、少し体がだるい。

ジュリとジンジャーはザノバへと駆け寄る。

ノルンはルイジェルドへ、クリフは、ぐったりしたままのドーガに向かった。

抱き合う者、ほっとした顔で話し合う者。

それを見ていると、ようやく実感が湧いてきた。

「……」

最後に、オルステッドが出てくる。

オルステッドは、俺のところへと歩いてきた。

「勝ったか？」

「はい」

俺は勝利の証《あかし》として、彼に剣を渡した。

北神の代名詞とも言える、王竜剣カジャクトを。

「勝ちました」

俺たちは勝利した。

完全勝利には程遠いが、苦境は乗り越えた。ギースの作った罠《わな》を打ち破り、一手リードした。

いろいろと考えることは多い。反省点も数限りない。

でも、勝ちは勝ちだ。

「ご苦労だった」

剣を受け取ったオルステッドからねぎらいの言葉をもらい、頭を下げる。

そこでふと、横から視線を感じた。

エリスだ。彼女が腕を組んで、こちらを見ていた。

両手を広げる。

「……やったわね！」

エリスが飛び込んできた。

その胸の感触を楽しみつつ、俺は改めて思った。

勝利したのだ、と。

第八話「休息」

戦いから三日が経過した。

怪我人の治療も終わり、スペルド族の村には平和が訪れた。

この三日間、俺たちは休息しつつも、さらなる敵を警戒していた。何もしなかったわけではないが、何かがあったわけでもなかった。

本当に平和な、何もない時間が流れた。

ザノバはかなり疲れていたようで、一日の大半を寝て過ごしていた。

だいぶ重傷なのかと心配になったが、医者曰《いわ》く、ただの筋肉痛だそうだ。

生まれて初めての筋肉痛だそうで、「全身がバラバラになりそうだ……ジュリよ、余はもうすぐ死ぬ、余はお前に全てを教えた。余がいなくなっても精進せよ」などと遺言を言い残していた。

ジュリもまた泣きながら、しかし決意の篭《こ》もった目で頷《うなず》いていたから、面白い。

俺も思わず駆け寄って、ザノバの手を取り「ザノバ、自動人形は必ず完成させてみせる。俺の仰ぐ神に誓おう。任せておけ。神なる力は芳醇《ほうじゅん》なる糧、力失いしかの者に再び立ち上がる力を与えん、『ヒーリング』」と治してしまったぐらいだ。

その後、ザノバは奇跡のように元気そうな顔で立ち上がり、一式の修理についてくれた。

ジュリはポカンとしていた。かわいそうに。

アトーフェは、村の中では比較的おとなしくしていた。

気づいたら村の連中に木材で玉座を作らせ、戦士に戦いの手ほどきをしていたが、大事には至っていない。エリスが参加していたぐらいだ。

シャンドルはそんなアトーフェを見て、やや恥ずかしそうにしていたが、時折表情に影を落としていた。

やはり、アレクのことで思うことがあったのだろう。

王竜剣について返すべきかと尋ねても、戦利品なのだから好きに使ってほしいと言われた。

ああいう話を聞いたばかりでは、じゃあ俺が、と使う気にもなれない。

魔導鎧《マジックアーマー》に頼りきりな俺が言うのもなんだが、使いすぎてダメになってしまいそうだし、そもそも俺は剣士じゃないから、有効に活用することは難しいだろう。

しばらくは、オルステッドに預かっていてもらい、必要に応じて誰かに貸し出す形になるか。

ルイジェルドは、日がな一日、ノルンと過ごしている。というより、ルイジェルドの行くところにノルンがひよこのようについていってる感じだ。ルイジェルドにあれこれといろんなことを教わっている姿は、かつての俺やエリスのようだ。

ノルンは勤勉だな。

……勤勉ってことで、いいんだよな？　どうにもノルンの表情は、今まで見たことがないもののような気がする。憧れとかそういう感じに似ているけど、ちょっと違うし……いや、まぁなんでもいいんだけどね。

ドーガは女衆や子供たちに大人気だ。

この村に来た当初こそ怖がっていた彼だが、疫病が蔓延《まんえん》した時、献身的に動いたこともあってか、垣根を越えた印象を受ける。互いを受け入れているのだ。

最近は、純朴そうな顔で、木彫りの人形のようなものを作って、子供たちと遊んでいる。

オルステッドはボールをぶつけられなくなって、少し寂しそうだ。

医師団もスペルド族の経過が良好ということで、疫病の研究の方へとシフトしている。

村の食料を調べつつ、疫病の原因を探っている……というよりは、サンプルを集めている感じだろうか。アスラ王国に持って帰って、文献としてまとめるのに使うのだろう。

クリフとエリナリーゼ、ジンジャーの三人には、第二都市イレルへと出向いてもらった。

ビヘイリル王国に対しては、捕虜の返還を条件に、改めて要求を送りつけた。

返事を受け取る人物が必要だ。護衛として、頭を剃《そ》ったスペルド族の戦士二名をつけたが、もしギースの作戦が終わっていないというのなら、各個撃破の危険もあるし、心配だ。

俺はというと、今回の戦いの反省会だ。

今回も、反省点はいくつもある。特に、谷に落とされたところがヤバかった。ギースが魔道具を使ってこないと、なぜ思っていたのか。その部分は、次回に合わせてもっと煮詰めておかなければなるまい。

初見でやられる分は仕方がないが、同じ手は食うまい。

ちなみに、アトーフェハンドはアトーフェへと戻り、俺の右手は治癒魔術のスクロールで元に戻った。思わずその手でエリスの胸を揉《も》みしだいたら、顎先《あごさき》に一発いいのをもらって、半日を無駄にした。

それから、あの魔術。

アレクとの最後の戦いで使った魔術。あの感触を忘れないうちに数度試そうとしたが、成功しなかった。あれは恐らく、重力魔術だと思うのだが、もう一度、何かきっかけが欲しいところだ。重力魔術の強さは、今回の戦いで身にしみてわかったしな。

また、転移魔法陣についてもいろいろと考えなければいけない。今回のようにいろんなところに設置すれば、当然のように相手にも利用される。今後、そのへんの対策も取っていかなければならないだろう。

それにしても、三日経過したが転移魔法陣の回復はまだだ。

二日目にはアルマンフィを呼び出して、俺の家族に問題はないと聞いてはいるのだが……予定より魔法陣の回復が遅い。

ヒトガミとは関係ない部分で何か問題でも起きているのかもしれない。

心配だ。

もっとも、心配しすぎても意味はない。

俺は俺のできることをやらなければならない。


四日目。

俺はエリスとデート……もとい、一緒に村の様子を見て回っていた。

ちなみにエリスだが、珍しいことに戦いの翌日は丸一日、泥のように眠っていた。

最近では珍しいことだ。というのも、今の彼女は小さい頃とは比べ物にならないくらい規則正しい生活を送っているからだ。昼寝してるところなんて滅多に見ない。一度、リニアが昼寝している時にご一緒していたが、まぁ、それぐらいだ。あの時は、一緒に寝ようか迷い、しかしリニアも一緒となると同衾《どうきん》、すなわち浮気になってしまうのではと本気で悩んだ末、結局やめたものだ。

それはさておき、子供の頃はよく馬小屋とかで昼寝をしていた。

当時は、常にエンジンフルスロットルで生きていたが、体も小さく出来上がっていなかったため、どこかでガソリンが枯渇していたのだろう。

今は昔と違って、ガソリンタンクの容量は数倍、エンジンも最新のエコドライブ機能を備え、枯渇するということがなくなったってことだ。

そんな彼女が、丸一日眠り続けた。

それだけ、激戦だったということなのだろう。

しかし、目覚めるといつも通りだった。村の中を見て回り、スペルド族の子供を見つけて「本当に尻尾が生えてるのね！」なんて興奮していた。なんなら触らせてもらっていた。相手は女の子だ。俺がやったら子供大好きなスペルド族にさらわれて折檻《せっかん》されちゃうやつだ。事案ってやつだな。シルフィあたりにも愛想を尽かされるかもしれないから、やるとするならシルフィに尻尾をつけるイメージプレイがいいだろう。

ともあれ、エリスは久しぶりにルイジェルドと会ったからか、あるいは戦いが一段落して気が抜けたのか、まるで子供の頃に戻ったかのように興奮しっぱなしだった。

しかし、そんな彼女、俺と一緒に村を見て回っていると、ふと立ち止まった。

剣呑《けんのん》な気配を感じて俺も立ち止まると、彼女はある人物の方を見ていた。

兜《かぶと》を脱いでいると、どこか子供っぽい印象を受ける中年男性。

シャンドル・フォン・グランドール。

その正体はアレックス・ライバック。

北神カールマン二世である。

「……」

エリスの瞳孔がキュッとすぼまったように見えた。

「ちょっと、ま——」

制止しようとした時には、もう遅かった。

エリスは凄《すさ》まじい速度で踏み込み、鋭い斬撃をシャンドルへと浴びせかけていたのだ。

「ッ！」

しかしシャンドルも速かった。即座に振り向き、エリスの打ち込みを棍《こん》で受け止めたのだ。

そこでようやく俺も追いついた。

エリスの腰にすがりつき、シャンドルへと謝罪を行う。

「エリス！　シャンドルが何をしたか知らないけど、ここは俺の顔に免じて引いて！　シャンドルさんもすいません、ウチの夫、いやさ妻がいきなり！」

「どこに顔うずめてんのよ！」

蹴られた。

確かに俺はエリスの尻に顔を突っ込んだかもしれないが、今のは不可抗力なのに。

「ごめんエリス、でも喧嘩《けんか》はよくない。ましてシャンドルさんは、一緒に戦った仲間じゃあないか！

使徒がいるかもしれない状況で正体を隠してたり、やたら格好つけたがって回りくどい言い方したりするのは、確かにちょっとイラッとするけど、そんなことで殴るもんじゃない」

「わかってるわよ」

嘘《うそ》だぁ。わかってる奴は、いきなり後ろから剣を打ち込んだりしないだ。おら知ってるだ。

「エリス。俺はね、最近のエリスを見直していたんだ。昔のエリスに比べて落ち着いたなって、大人になって、辛抱強くなって、なんと人に剣を教えられるようになった。ノルンもエリスに剣を教えてもらっててとても感謝していた。人から感謝されるというのは、なかなかできることじゃあない。エリスが剣の聖地で修行してきた証《あかし》のようなものだと思うんだ。エリスは昔の姿からは想像できないほど、素晴らしい人間になったたってね」

説教臭くなってしまっているが、しかし大事なことだ。

何が気に食わないか知らないけど、いきなり後ろから斬りかかるのはよくない。エリスの剣は、もはや暴力というレベルから逸脱しているのだから。

「そ、そう……？ でもルーデウス……」

しかしエリスは嬉《うれ》しそうにしつつも、なんかちょっと不満げだ。納得してもらわなければ。

「まぁまぁルーデウス殿、そこまでにしてあげてください。エリス殿は伝承を確かめたかったのでしょう」

と、そこでシャンドルからストップが掛かった。

「伝承、ですか？」

「北神カールマン二世に不意打ちは効かない。いついかなる時も常在戦場、背後からであっても後ろに目がついているかのように振り返り、降りかかる火の粉を打ち払うだろう」

シャンドルは背後からの矢を斬り払うかのようなポーズを取って、そう言った。

ポーズは置いといて、確かにそんなフレーズを聞いたことがある。

北神英雄譚《たん》の中盤ぐらいに出てきたフレーズだったか。

確か、力をつけて世間的に認められてきた北神カールマン二世を抹殺しようと、王竜王国の王様が何人もの刺客を送り込んできて、それを返り討ちにするエピソードだったかな？

「……本当かどうか、確かめたかったのよ」

「ルーデウス殿、エリス殿はご配慮されていましたよ。受けた時、ちゃんと寸止めするつもりだったのがわかりましたので」

「あ、はい。そういうことなら……でも、エリス、やるなら一言言ってくれよ。心臓止まるかと思ったよ」

「言ったら気づかれちゃうじゃない」

そうかなぁ？　まぁ、寸止めするつもりなら、いわゆる遊びみたいなもんだし、いいのかな？

いや、それでシャンドルが怒ってギース側についたりしたら……。

うーむ。考えすぎかな？

剣士と呼ばれる人々のじゃれ合いは、どうしても俺には度が過ぎているように見えてしまうな。

「本当に後ろからでも受けられるのね？」

「いやー、昔はできませんでしたよ。英雄譚のアレも、仲間が防いでくれたにすぎませんから。ただ、弟子を取るようになると、皆試したがりましてね。対応してるうちに自然と」

「そうなのね！」

エリスは何やら感動してるようだ。でも、確かになんか、そういう裏話を聞かされると、なんとなく「すごくいいことを聞いた」って気分になるな。

内容は大したことないんだが。

「なんでしたら、手合わせでもしますか？」

「いいの!?」

「剣神ガル・ファリオンを倒した手並み、試させていただければ」

シャンドルはそう言いつつ、チラッとこちらを見て、ウインクしてきた。

なんだろう……いや、これはあれか、一種のファンサービスというやつか。北神カールマン二世は北神英雄譚の主人公。人気者だからな。エリスのような手合いも多いのだろう。

しかし、俺の妻ということで、特別にサービスしてくれるということか。

と、思ったが、視線が俺の方から外れない。

「俺は参加しませんよ？　一騎打ちの方がエリスもいいでしょうし。ね？」

俺なんかより、君のファンを見てやってくれ。一度負けたらちょっと不機嫌になるかもしれないが、指導対局的な感じでやればエリスも喜んで教えを請うだろう。自分より強い相手に対してはわりと素直なんだ。彼女は。

「いえいえ、手合わせをする代わりに、一つお願いがあるのです」

「もちろんいいわ！　ね、ルーデウス！」

返事をするのは内容を聞いてからにしてほしい。

「まぁ、今回の一件ではシャンドルさんにもお世話になっておりますし、俺にできることなら」

「できるかどうかはわかりません、難しいことですから……」

「……難しいこと、ですか？」

そう前置きをされると、腰が引けてしまうな。

北神カールマン二世が難しいと断言するようなことだぞ？　俺にできるかな……。いや、俺もこの二十数年でかなり頑張ってきた。できなくとも、何かしら力になれるはずだ。

「ただ、お二方であれば、あるいは可能であると私は見ています」

「内容を言ってくれないと」

「それは終わってからのお楽しみ、ということで」

そういうとこだぞ？

でもまぁ、いいだろう。

「内容次第では、善処します」

向こうもボカしてるし、俺もこうやってボカしておけば。

★　★　★

カンカンと、木剣と棒の打ち合う音が聞こえる。

いや、カンカンというのはかなりマイルドな効果音で、実際には木剣と棒の打ち合いとは思えない、凄《すご》みのある衝突音だ。

ヒュボッ、コォォーン、カコンカコン、ガッゴッ！　という感じだろうか。超高速の斬撃が、フェイントや牽制《けんせい》を織り交ぜつつ、矢継ぎ早に繰り出され、しかしそれは全て防がれている。

俺も彼女とよく模擬戦をするからわかるが、エリスはわりと本気だ。

対するシャンドルはわからないが、余裕があるように見えるので、全力ではなさそうだ。とはいえ、時折切羽詰まったような表情を見せる瞬間もあるから、エリスもいい線いってるというところだろうか。

手合わせは幾度も繰り返されていた。

始めの合図も終わりの合図もない。

ただお互いに一定距離で構え、どちらか――大半はエリスだが――が仕掛け、ある瞬間にピタリと止まる。

まぁ、大体シャンドルの棒がエリスの喉や心臓といった急所に突きつけられているから、シャンドルが勝っているのだろう。

でも、三回か四回に一度、エリスの剣が先に到達する。

その度に、周囲からは「オオッ」とどよめきの声が聞こえてきた。

いつしか、見物人が増えていた。

クリフにエリナリーゼ、ザノバやジンジャー、ドーガ、スペルド族の若者、アスラ王国から来た医者たちまでもが、目を丸くしてエリスとシャンドルの手合わせを見ていた。

わかる。見応え抜群だもんな。

俺とエリスが手合わせをしても、こうはなるまい。

俺には速すぎて凄いということしかわからないが、エリスも剣王、人に剣術を教えられるぐらい、術理を理解している人間だ。

それが、北神という一派の長だった者と互角とまではいかずとも、一歩及ばないぐらいのところまできている。

シャンドルからするとまだ甘いところもあるのだろうが、それを差し引いても、三度か四度に一度は勝てる。エリスがシャンドルの防御をどうくぐり抜けて一撃を入れるのか、という構図なのが傍《はた》から見ててもすぐにわかる。

要するにいい勝負なのだ。素人目に見ても。

「ガァアアァ！」

そんな手合わせも、やがて終わりを迎えた。

エリスが三連続でシャンドルから一本取ったのだ。

「ふぅ――――」

次の瞬間、エリスは大きく息を吐いて、地面にベタリと座り込んだ。

「こんな感じなのね？」

「そんな感じです。さすが狂剣王エリス。筋が段違いにいいですね」

「そう……」

エリスは褒められてもなお、険しい表情だった。

まぁ、負けるのは好きじゃないしな。

「しかも素直です。ダメだと示されたことはやらず、良いと示されたことは積極的にやる。かといって良いと示されたことが嘘偽りであっても単なる不運だと決めつけず、次の手を打つ冷静さもある。負けそうになっても潔く負けを認めて諦めず、ギリギリまで勝ち筋を探す……剣筋には北神流も垣間見えましたが、師匠はどなたですか？」

「オーベールよ」

「彼でしたか。皮肉なものですね。彼はダメだと示されたことを、なんとかうまく使おうと工夫しまくった挙げ句、歪《いびつ》な方向に成長してしまった男でしたが」

「でも、奥の手は違ったわ」

「そうですね。根は素直でしたので。自分でもわかっていたのでしょう。歪であることは強みになるが、最後の最後で頼れるものではない、と」

場がちょっとしんみりとなった。

俺も詳しくは知らないが、アスラ王国で戦った北帝オーベールは、このシャンドルの弟子だったのかもしれない。

エリスはオーベールから教えを受けたこともあるというから、孫弟子にあたるな。

「さて、手合わせも終わったところで」

シャンドルが手をパンと鳴らすと、見物人たちが散っていく。

皆いいものを見たと言わんばかりの満足げな顔だ。クリフなど、己の手を見て、握り拳を作っている。僕も剣術を、なんて考えているのかもしれない。エリナリーゼがその拳をすぐに両手で包み込んだから、彼女がうまくコントロールするだろう。クリフ先輩は剣術なんか習わなくたって、十分すげぇから必要なかろうよ。

シャンドルは、鳴らした手をそのまま揉み手へと移行し、俺の方を向いた。

「それで、ルーデウス殿、エリス殿。折り入っての頼み事なのですが」

さあて、北神様から、どんな要求が飛んでくるのやら。

シャンドルは珍しく緊張しているようで、口元がむにむにと動いていた。どう言うべきか、少し迷っているようだ。

「ルイジェルド殿に、改めてご紹介願いたいのです！」

……ルイジェルドを？

「それは、なぜ？」

もしかすると、シャンドルは男色系の方なのだろうか。

すでに子供もいる身の上だから、てっきり普通に女の子が好きなのだと思っていたが……。歳を取って趣味趣向が変わったとか？　あるいはアスラ王国の騎士になったことで、悪い趣味を覚えてしまった可能性もあるか。

これはシャンドルのお母さんに報告してあげたほうがいいんだろうか。彼女《アトーフェ》がどんな反応をするのか知りたい。

そう思った次の瞬間、シャンドルは次の言葉を発していた。

「そして、どうか、話していただけるよう、頼んでほしいのです。魔神ラプラスがトドメを刺され、封印に至った、その瞬間の顛末《てんまつ》を」

「えっと、確か北神一世がお父さんなんですよね？　聞かなかったんですか？」

「父は最後の瞬間、気絶していて、事の顛末を知りません。また、以前ペルギウス様にお会いしようとした時にも聞こうとしましたが、答えてはいただけませんでした……ウルペン様には、お会いできず仕舞いでして……」

ああ、そういうことか。

シャンドルはラプラス戦役の結末、特に魔神ラプラスとの決戦の詳細を知りたいが、知る機会がなかった、と。

『魔神殺しの三英雄』――北神カールマン、甲龍王ペルギウス、龍神ウルペンの三人から聞けず、諦めていたところ、今回、運良く歴史に隠された最後の人物に会うことができた。

最後の決戦で、ラプラスに一撃を入れ、形勢逆転に助力した男。

『デッドエンド』ルイジェルド・スペルディア。

確かに、彼なら知っているか。

「そんなことを知って、どうするんですか？」

「えっ？　知りたくはないのですか!?　本物の英雄譚ですよ？　私のように、有名になろうと世界各地を回って、それらしい事件に首を突っ込みまくった挙げ句、なんとなく良い方向に転がっていっただけのナンチャッテ英雄譚ではなく、世界を救うために、力が及ばぬことを知りながらも、決死の覚悟で戦った、真の英雄たちの最後の戦いの、結末を！」

俺は北神英雄譚の内容を知っている。

この世界の作家がどれだけ誇張しているのかは知らないが、彼の英雄譚は素晴らしいものだ。

細かい部分は各章で様々だが、全体的に見れば世界中を旅して、悪を倒し、弱き者を救う、そんな感じの物語だ。

救われた者は大勢いる。彼自身がどう思っていようと、立派なものだと思う。

対して、ルイジェルドの逸話は悲劇的だ。

陥れられたとはいえ、家族を皆殺しにし、一族を全滅の危機に陥れた。

基本的には誰一人救われず、何一つ成し遂げてはいない。スペルド族がこんなところで細々《ほそぼそ》と生きなければならなくなった要因でもある。

誇らしいことは、多分ほとんどない。彼も積極的には話したがらないだろう。

俺が頼めば……確かに、あるいは話してくれるかもしれないが、きっと彼にとって話したいことではないだろう。

そう思いつつエリスの方を見ると、目がキラッキラしていた。

「私も聞きたいわ！」

まぁ、俺も知りたくないと言えば、嘘になるんだけどね。

★　★　★

ルイジェルドは食事を取っていた。

彼の家はやけに小綺麗《こぎれい》になっていた。掃除が行き届いている……というレベルではないが、少なくとも毎日掃除されているのがわかった。

ルイジェルドは物を散らかすほうではないが、部屋の隅や窓枠に溜《た》まった埃《ほこり》を気にするタイプではない。

しかしながら、今の部屋の中はそういうところもきちんと掃除されている。

もっとも、ちょっと甘いが。

もしウチでメイドをやっている妹が見れば「なんざますこのお掃除は！」と言い出すことだろう。

いや、言わないか。アイシャは埃のついた窓枠を見たら、半眼になって「掃除もまともにできないの？」って感じのため息をつくだけだ。リニアがウチでメイドしてた時にそんな光景を見た気がする。

ともあれ、完璧ではないこの掃除された部屋を作った匠《たくみ》は誰か。

ピンポン！　はい早かった、どうぞルーデウス君！　ルイジェルドの隣で甲斐甲斐《かいがい》しく雑炊っぽいものを器によそっているノルン・グレイラットちゃんです！　正解！　ルーデウス君はロキシー人形を一個ゲットだ！　やったぁ！

　というわけで、ノルンがルイジェルドの隣で、ちょっと驚いた顔でこちらを見ていた。飯時にぞろぞろ入ってきたからビックリしたのだろう。

　まぁ、それはひとまず置いといて、と。

「どうした？　なにかあったか？」

　ルイジェルドが、怪訝《けげん》そうな顔でこちらを見ている。

「ええ、まずこちらの方が、ルイジェルドさんに改めてご挨拶をしたいそうで」

　手のひらでシャンドルを示すと、シャンドルはビシっと直立していた。

「シャンドル・フォン・グランドール改め、北神カールマン二世アレックス・ライバックと申します！　此度《こたび》は、かのラプラス戦役を勝利へと導いた歴戦の英雄ルイジェルド・スペルディア殿にお会いできて、光栄の至り、なにとぞお見知りおきを！」

　緊張しきり。いつもの飄々《ひょうひょう》とした余裕のある彼からは想像もできない。

　まぁでも、そうか。

　彼からしてみると、ラプラス戦役を戦い抜いた戦士たちというのは、自分の一つ上の世代の伝説なんだろう。

　俺にはちょっとピンとはこないが、不良漫画で言うところの『過去に全国制覇を成し遂げた伝説の族《チーム》のメンバー』みたいな感じか。

　比較的平和な世の中で全国トップクラスに上り詰めた族《チーム》の頭《ヘッド》としては、彼らが成し遂げた偉業に頭を下げざるを得ないというところかね。

「……スペルドの戦士として、此度の戦いへの助力に感謝する」

しかしルイジェルドも律儀《りちぎ》な男。

そういえば言い忘れていたなというように、スッと頭を下げたのだ。

「ああっ、頭をお上げください！」

こうなると、慌ててしまうシャンドル。

まるで日本人の如く、互いに頭を下げ合ってしまった。

ちなみにエリスはさっさと席に着いて、ノルンに雑炊をよそってもらっていた。いっぱい動いてお腹が空いたのだろう。

ガツガツと遠慮なく食べている。美味《おい》しそうだ。

俺の前にも出されたので、そのまま流れで食べ始める。

なかなか悪くない。めちゃくちゃうまいってわけでもないが、しかし俺が作ってもこんなもんだろう。いや、もう少しだけうまく作れるか……と、迷うぐらいの感想。

「美味しいわね！」

「ありがとうございます」

「ノルンが作ったの？」

「はい」

そんな会話が聞こえて、俺は雑炊を二度見する。

なんと、ノルンの手作り料理であったか。いつの間に料理なんて高等テクを覚えたんだ。なんて思うところもあるが、ノルンも年頃の女の子だし、この世界にもいわゆる花嫁修業的なものはある。料理ぐらい覚えるだろう。

そう思うと、俄然《がぜん》おいしく感じられる。

ノルンも、少しずつ成長しているんだな、お兄ちゃんは嬉しいよ。

そんな感情がスパイスとなって、雑炊の味を十倍にも百倍にも増幅してくれる。

もはや麻薬だ。

と、そんなことよりも、だ。

「それで、ルイジェルドさん、こちらのシャンドルさんが、ぜひとも聞きたいことがあるということで、ここにお連れしました」

「聞きたいこと？」

「ええ、ルイジェルドさんにとっては、あまり話したくないことかもしれませんが」

そう前置きをしてから、例の話をルイジェルドに話す。

シャンドルが、ルイジェルド……並びにラプラスを倒した面々をマジでガチでリスペクトしていて、その戦いの全貌《ぜんぼう》を知りたいと思っていること。

ついでに、シャンドルの父、北神カールマン（一世）はその戦いで亡くなっており、息子であるシャンドルは、その死の真相を突き止め、場合によっては仇《かたき》を討ちたいのだということも、シャンドルの涙なしには語れない半生と共に話しておいた。

「ルーデウス」

「はい」

「なぜそんな嘘をつく？」

「つい、興が乗って……」

北神カールマンが魔神ラプラスとの戦いを生き抜いたのは、周知の事実である。

その後、魔王アトーフェのところに単身で乗り込んで調伏し、結婚したのだ。

じゃなきゃシャンドルも生まれないし。

ちなみにその後にもいろいろあって世界各地を旅してまわり、最後は王竜山脈で死んだとか。

「ふっ、お前は相変わらずだな」

昔のルイジェルドであれば、俺みたいな胡散臭《うさんくさ》い成人男性から嘘をつかれたら激高していたかもしれないが、今はもう冗談だとわかってくれる。信頼を感じるね。

「まぁ、シャンドルさんが聞きたい理由に大それたものはないのかもしれませんが、もしよろしければ話してあげてください」

「大した話ではないぞ」

そう前置きをして、ルイジェルドは語り始めた。

槍《やり》の呪いから解き放たれたルイジェルドは、別の呪いに侵されていた。

復讐《ふくしゅう》という名の呪いだ。

それに突き動かされるままにルイジェルドはラプラスのところへと急ぎ、たどり着いた時には、すでに決戦は始まっており……それどころか終局を迎えようとしていた。

北神カールマンは倒れ、ペルギウスの十二精霊は一人を除いて消滅。ペルギウス自身も満身創痍《まんしんそうい》で膝をついていた。

ウルペンだけが果敢に戦っていたが、ラプラスに圧倒されているのは、はっきりわかったという。

対するラプラスはというと、消耗はしていたが、しかしまだ余裕があるように見えたらしい。

ルイジェルドは、そんな状況でも冷静だった。

スペルド族を騙《だま》し、ほぼ全滅にまで追いやったラプラスに対し、殺気を抑え、よく観察した。

ラプラスは強い。だが、ルイジェルドは今戦っている三人について、朧《おぼろ》げながら知識があった。

特に北神カールマンと龍神ウルペンは、ルイジェルドが正気を保っていた時に、何度か鉾《ほこ》を交えたこともあった。

双方、強力な使い手だ。特にウルペンは、ルイジェルドをしても真正面から戦っては、到底勝てないほどに。

ペルギウスのそばに控える天族の女も、相応の使い手に見えた。

で、あるにもかかわらず、ラプラスは健在だ。消耗はあるが、余裕が残っている。

自分が怒りのままに一撃を加えたところで、殺せないかもしれない。

そう思い、確実に仕留めるチャンスを窺《うかが》っていると、ラプラスの体内に、『何か』を見つけたらしい。

ラプラスの体内を高速で動く『何か』。その正体はわからない。だが、ルイジェルドは長年の勘から、それがラプラスの弱点だろうと推測した。

推測の裏付けを用意する時間などなかった。

目の前で、ペルギウスにトドメを刺そうとしたラプラスの攻撃を、ウルペンが庇《かば》い、受けた。

ウルペンは重傷を負い、もはや勝利は絶望的となった。

ラプラスが勝利に笑った。

次の瞬間、ルイジェルドが背後から忍び寄り、一撃を加えた。

弱点だろうと推測した、その『何か』に。

結果は劇的だった。ラプラスは途端に苦しみ始め、怒りで我を忘れてルイジェルドへと反撃してきた。

即死ではなかったが、何かが変化した。

とはいえ、ルイジェルドができたのはそこまでだった。

ラプラスはルイジェルドを圧倒した。

ラプラスの魔眼はルイジェルドの動きを鈍らせ、拳撃はガードの上から骨を砕き、ルイジェルドの攻撃はいとも簡単に防がれた。

まさに封殺、子供の手をひねるように、ルイジェルドはボロボロにされた。

これまでか、とルイジェルドが捨て身で特攻しようとした瞬間、地面が光った。

地面から発せられた青白い光が、周囲を浮かび上がらせていた。

魔法陣だ。見ると、両手を地面に付けたウルペンが、何かを詠唱していた。

ラプラスが「これはまさか！」と叫んだ次の瞬間、魔法陣が凄まじい光を発した。

ルイジェルドの目は視界を奪われた。

だが、しかしスペルド族の第三の目がラプラスの肉体と魔力が千切れ散ってゆくのを確認し、耳はラプラスの断末魔の叫びを捉えていた。

「この程度で俺を殺せたと思うな！　ヒト――ヒト――！　絶対に殺す！　滅ぼしてやる！　必ずや、俺は、貴様、貴様を……」

それが、ラプラスの最期の言葉だったそうだ。

「あの技について、詳しくは知らん」

「『龍神冥送《ドラニッククレムナント》』です！　ペルギウス様が古文書から復活させた、対ラプラス用の決戦魔術！」

「なるほどな」

また厨二《ちゅうに》臭い名称だこと。

龍族は自分の技にそういう名前をつけなきゃ気が済まないんだろうか。まぁ、俺も嫌いじゃないんだけどさ。

「そうか、やはり最後にはちゃんと使われていたんだ……そして使ったのはウルペン様……そうか、ウルペン様が決戦後すぐに亡くなられたのは、あの術を励起したからか……術の励起は本来であればペルギウス様のお役目のはず……となれば、なるほど、ペルギウス様がお語りになられないのは、自分の不甲斐《ふがい》なさを恥じてのことか。ウルペン様を殺したのは自分だと責めていらっしゃるのかもしれない……全てが、全てがつながった……！」

シャンドルは一人で納得している。オタクみたいな早口の独り言は、前世の自分を思い出すようでちょっと怖い。

俺も今の話を聞いて全てを理解したわけじゃないが、要するに、ペルギウスは最終決戦でその術を使う役割だったが、ラプラスにボコボコにされたせいでその役目を行えず、あまつさえウルペンに庇ってもらい、あまつさえ魔法陣の励起をウルペンに行ってもらい、そのせいでウルペンは急逝した、と。そんな感じかな？

だとするといたたまれない。俺だったらロキシーに癒《いや》してもらうまで引きこもりそうだ……。

道理で四百年も空中をウロウロしながら、ラプラス復活の前兆を待っているわけだ。今度こそは、自分がやらなければと、そう誓っているのだろう。

「あれ？　でも、決戦魔術が発動したなら、ラプラスは死んだのでは？」

「その時には倒したと思ったそうですが、ペルギウス様が後にラプラスの居城を調べたところ、ラプラスが、自分が死んだ場合いずれ転生し復活する手はずを整えていたと判明したため、ラプラスは封印された、という言い回しをしていると聞き及んでいます」

「……そうか」

ルイジェルドは険しい顔をしていた。

ラプラスが復活するというのなら、自分も戦わねばと思っているのだろう。

しかし、復活するとはいえ、転生なら死んでいるということ。一度殺したのは事実なのだろう。

ごめんなさい、『魔神殺しの三英雄（殺してない）』なんて笑って……。

「それ以降のことは知らん。俺はその後、奴らに別れを告げ、魔大陸に戻ったからな」

そうして四百年、スペルド族を助けようともがき続け、今に至る、と。

改めて聞くと、辛《つら》い人生ではあるが、この地で生き残りを見つけられたことはよかったと思う。

本当に、よかった。

名誉回復の方も順調だし、俺が生きている間には、「夜寝ないとスペルド族が来て食べちゃうぞ」から、「夜寝ないと魔物が来るけど、スペルド族が助けてくれる」になりそうだ。

ふふ、寝ない子が続出しちまうな。

「貴重なお話をありがとうございました！　いやぁ、まさかこんなところであなたに会えるとは思ってもいなかったもので！　感動です！　長年の謎が解けました！」

シャンドルはほこほことした顔で、しきりに頭を下げていた。

エリスも雑炊を食べつつ、興味深そうに聞いていた。

昔のように目をキラキラさせつつ、「それから!?　それからどうなったの？」と聞いたりしないのは、自分が今まさにそういう戦いの渦中にいるという自覚があるからだろうか。

思えば、エリスもいろんなところに行き、いろんな冒険をして、いろんな敵と戦ってきたもんな……。

まぁ、主に俺の付き添いという形だから、さほど満足はしてないかもしれないが。

「さて、今日のところは――」

と、シャンドルが立ち上がりかけた、その時だった。

「頼もう！」


と、でかい声と同時に、入り口の扉がバゴンと吹っ飛んできた。

エリスが即座に立ち上がり、飛んできた扉を蹴り飛ばす、その反動で回転しつつ踏み込み、抜刀。

乱入者へと唐竹《からたけ》割りを叩《たた》き込んだ。

「ククク、せっかちな奴だ……しかし、それでこそオレが認めた勇者だ」

真剣白刃取り。

エリスの超高速の斬撃は、闖入者《ちんにゅうしゃ》によって見事に受け止められていた。

「しかし焦るな。オレはこの家の主《あるじ》に会いに来ただけだ」

不死魔王アトーフェラトーフェ・ライバック。

恐らくこの世で最も話が通じないであろう御仁《ごじん》がいた。

その話の通じなさたるや、エリスやキシリカも真っ青になるほどだ。

「久しぶりだなぁ、ルイジェルド・スペルディアァァァ？」

そして、口を歪《ゆが》めて笑い、魔王の如くルイジェルドを睨《にら》みつけ、蛇のようにねっとりとした言葉を口にした。

ちなみに魔神語である。

「ああ、久しぶりだな。魔王アトーフェ」

対するルイジェルドも魔神語。

「ククク、よく憶《おぼ》えているぞ。オレはこう見えて記憶力がいいんだ。バビノス地方で貴様を追い回して以来だな？」

「……」

「それが、こんなところに巣を作っていたとはなぁ」

ルイジェルドが冷や汗を垂らしている。

さしものルイジェルドといえど、アトーフェの相手は苦手か。

「まぁまぁ、陛下。ここは抑えて。ラプラス戦役のスペルド族の暴走は、ラプラスが仕組んだものだったんですよ」

「なにィ？」

俺はアトーフェに、スペルド族が呪いを受けた経緯を話した。

語るも涙、聞くも涙。悪逆非道のラプラスの罠《わな》。スペルド族は悪くない。

そんな説明を、アトーフェはふんふんと聞いていたが、やがて叫んだ。

「うるっせぇ！　わけのわからないことを喋《しゃべ》るな！」

難しすぎたらしい。

助けを求めるようにシャンドルの方を見ると、彼は任せろと言わんばかりに頷いた。

「ルーデウス殿……母さんが封印されたのは、スペルド族が魔槍《まそう》をもらうより前か、もらってすぐぐらいの頃です。言ってもわかりませんよ」

「あ、そうなんですね……じゃあなんで追いかけ回してたんですか？」

「どうせ理由なんて憶えてないですよ。ね、母さん？」

「む……いや、憶えているぞ。民だ！　民に助けを求められたのだ！」

さもあらん。

大方、ルイジェルドがどこかで子供でも助けようとして、それを子供が襲われていると勘違いした者たちが、恐怖の対象ながらも頼れる魔王様に直訴したのだろう。

あの『デッドエンド』をなんとかしてくれ、と。

「ともあれ、それもこれもラプラスの仕業、ここは一つ……許してあげてください」

水に流してあげてください、と言おうとしてやめた。

難しい言い回しをすると、またキレてしまいかねないから。

「ククク、ハハ、アーッハッハッハッハッハ！　いいだろう！　オレはどこぞの狭量な龍族とは違う！　許してやろう！」

「……」

むしろ、許せないのはルイジェルドの方かもしれない。

見方を変えれば、アトーフェはスペルド族の迫害に積極的だったと言えるかもしれないから。

「しかしルイジェルド。なんだこの村の連中は。お前の配下とは思えんほどに貧弱だぞ。あの屈強だったスペルド族はどうした？」

「皆、死んだ」

「そうか？　そういえば、魔大陸でもスペルド族を見かけなくなったな」

「……」

いや、ルイジェルドは理解している顔だ。

魔王アトーフェラトーフェ・ライバックに理屈は通じないということを。そもそも、スペルド族の迫害自体を自覚的にやっていないという可能性……つまり真面目に恨んだりしたら、自分が馬鹿を見るだけというのを、理解しているのだ！

そうだよな。

そもそも考えてみれば、アトーフェが迫害とか陰湿なことをするとは思えない。迫害をするより、もっとこう、真正面から戦争をして滅ぼすイメージだ。

「ククク、ルイジェルド・スペルディア。オレはお前のことを高く評価している。貴様がオレの配下になるのなら、村の連中は見逃してやろう」

「母さん、見逃すっていうけど、断られたらどうするつもりなんだい？　まさか皆殺しにするっていうんじゃなかろうね？　そんなの、この場にいる誰も許さないよ？」

シャンドルの眼光が鋭い。

いつものような飄々かつひょうきんな気配はなりを潜め、冷気すら感じられる表情で睨んでいる。

「ぐ……ああ……」

「配下になってほしい気持ちはわかるよ。僕も父さんにスペルド族の戦士団の強さは聞かされて育ったからね。その戦士長ともなれば、スカウトするも当然……しかし、手順というものが重要だよ。母さんは苦手かもしれないけどね」

すげぇな。アトーフェも息子の言うことは聞くんだな。

それにしてもさすがはシャンドル、この場をきっちりと収めてくれた。

「というわけで、ルイジェルド殿、北神流を習ってはみませんか？」

ダメだ。それは頷いたらネクロス要塞《ようさい》に連れていかれるやつだ。悪徳勧誘だ。

「ルイジェルド殿なら北王や北帝にもすぐなれますし、北神流の高弟ともなれば、スペルド族の世間の評判も良くなるはず。アスラ王国の陛下はルーデウス殿と懇意ですから、北神流の高弟となればスペルド族といえど騎士として任命することもできるでしょう」

ペラペラと勧誘文句を述べていくシャンドル。

だが、その下心は見え透いていて、ようは尊敬する人と同じ職場で働きたいということだろう。

個人的には、それもいいんじゃないかと思う。

もし、ビヘイリル王国がスペルド族の受け入れを拒否するというのなら、アスラ王国の方に移動してもらえば、アリエル主導で保護できるはずだ。

住む場所は少し考える必要があるが、例えばアスラ王国の北側に位置する森。俺たちがアスラ王国に秘密裏に潜入する際に通ったあそことかならどうだろうか。

あそこはどこの国にも属していないようなものだし、誰からも文句は出まい。

スペルド族の面々は、もう旅はしたくなさそうだが、一度の我慢で安全が手に入るのであれば、そっちの方がいいはずだ。

「申し出はありがたいが、俺はしばらくこの村を離れるつもりはない」

しかし、ルイジェルドはそう言った。

「そうですか……すみません。少々性急でしたね」

まぁ、村もかなりの規模だ。

人は一度住居を決めたら離れたくないと思うものだし、できることなら、ここでこのまま頑張っていきたいというのが本音だろう。

「クク、とにかくだ。ルイジェルド・スペルディア。オレは貴様に会いに来たのだ！」

「ああ」

「クク、ククク……そう怯《おび》えるな。今は同じ味方同士、魔王とは、同じ陣営の強者とはいがみ合いつつも、心の奥底では認めているものだ。そう、オレはお前の腕は認めているのだ。高く評価しているというのも嘘ではない。スペルド族の戦士団は本当に強かったからな」

「……そうだな。素晴らしい戦士たちだった」

アトーフェもシャンドルに窘《たしな》められたからか、比較的友好的な態度だ。

元々、別に喧嘩を売りに来たわけではなかったのだろう。

懐かしい顔を見かけたから、なんとなく挨拶に来たとか、そんな感じか。

「……」

ふと、視線を感じたのでそちらを見ていると、ノルンが困った顔で俺の方を見ていた。

小さくなっていたので気づかなかったが、彼女の座る位置は、ちょうどアトーフェとルイジェルドの間だ。

その目は「なんとかしてください」と訴えていた。

俺にはどうにもできないと首を振ると、彼女は泣きそうな顔になっていた。

第九話「鬼神の手打ち」

戦いから四日が経過した頃、第二都市イレルに使者として出向していた面々が帰ってきた。

彼らは、ビヘイリル王国側からの返事を持ってきてくれた。

一枚の書状にまとめられたそれには、長々といろんなことが書いてあった。

「ビヘイリル王が君に会うそうだ。鬼ヶ島側の戦力をどうにかしてくれれば、スペルド族のことは考えてもいいそうだ」

が、返事を要約するとそんな感じだ。

ひとまず、この村の存続は許される可能性が高いだろう。

かなり早いスピードで戻ってきたが、焦って書いたのか、文字は乱れていたが、印は本物だ。

鬼ヶ島側の戦力というのは、アトーフェが置いてきたというムーアたちのことだ。

アトーフェの命令で鬼ヶ島の村人を人質に取り、立てこもっているということだ。

今のところ、鬼神《きしん》が彼らを無理やり倒す、という形でもないようだし……。

まぁ、事後処理のことについて話し合いましょう、ということだ。

「……よし」

こちらには、スペルド族のこと以外で強い要求があるわけではない。

ギースについてのことは聞かなければならないが、その程度だ。

「そういうことなら、行ってきましょう」

スペルド族も何人か連れていこう。

交渉次第だろうが、スペルド族が今後もビヘイリル王国内に住むのなら、受け入れられるように顔見せしておくべきだろう。じゃないと、また今回のようなことが起こりかねない。

もっとも、逆にスペルド族を見た市民団体が反対デモとか起こすかもしれないから、鬼神とスペルド族の族長が握手をするセレモニーなんかも行いたいところだな……。

なんて考えつつ、メンバーを選定した。

戦闘に備えて、エリス、アトーフェ、シャンドル、ルイジェルド。

交渉役としてミリス教団のクリフ。クリフのお供のエリナリーゼ。

さらにスペルド族の戦士を二人連れて、首都へと行くことにした。

残りはスペルド族の村で襲撃に備えてもらう。

それから、メンバーではないが、捕虜も返還だ。

まぁ、ぶっちゃけると、捕虜返還は要求されていなかった。とても悲しいことだ。

でも、誠意だ。

とはいえ、交渉決裂もありうるので、カードとして一人は残ってもらおう。

そう思い、俺は捕虜に滞在してもらっていた小屋へと移動した。小屋の中では、捕虜の二人が会話もなく、ボンヤリと座っていた。彼らは俺を見ると、胡乱《うろん》げな目を向けてきた。

「どうでしたか、スペルド族の村は」

「……」

「なかなか、いいところだったでしょう？　美人が多いし、子供たちも元気。飯はちょっと野性的だけど、味は悪くなかったはず。戦士たちは無愛想だけど、人族に対して攻撃的ではないってことは、わかってもらえましたか？」

捕虜には、たった数日だが、自由に生活してもらった。

もちろん、見張りは付けさせてもらったし、武器は取り上げさせてもらったし、変装でないことを確かめるために一度裸に剥《む》いたが、それ以外はおもてなしの精神で接したつもりだ。

スペルド族の面々には、彼らを客人としてもてなすよう念を押したし、実際にスペルド族は捕虜に対して優しかった。

彼らを拘束するようなことはなかった。

村の中なら自由に出歩けたし、村の外にも、スペルド族の護衛を付けてなら、許可した。

逃げることを心配したわけじゃない。透明狼《インビジブル・ウルフ》に襲われることを心配したのだ。

ついでに、この二日で透明狼《インビジブル・ウルフ》の狩りを行い、透明狼《インビジブル・ウルフ》がどんな魔物かってのも、確認してもらった。

飯に関しては、このあたりでとれたものだ。

疫病の恐れがまだ少し残っていたが、他に食うものがないのだから、仕方がない。

とりあえず、ソーカス茶を合わせて飲んでもらった。

「……まぁ、思った以上に、俺たちが噂《うわさ》に惑わされていたってのは、わかった」

騎士たちも、捕虜にされた時は絶望的な表情を浮かべていたが、今はリラックスしてくれている。

まだ、スペルド族のいいところを伝えきったとは思えない。

でも、少しはいい印象も残ったと思う。

一人には、もうしばらく、満喫してもらおう。

これで、俺がいなくなった途端、その一人が顔のマスクを剥《は》がして「ククッ、実は俺はヒトガミの手先だったのさ」とか言いだしたら怖いが……。

まぁ、ランダムで選んできたし、村に連れてきた時にも、念入りに身体検査はした。

オルステッドもクリフも、今回はよく見て確かめてくれたし、こちらの仲間の何人かは残すし……大丈夫だろう。

「これから国と交渉をするので、片方を連れ帰ります。身分の高いほうを残させていただきたいところですが、よろしいですか？」

「わかった」

騎士は片方が頷き、もう片方が立ち上がった。

素直なものだ。

もし、この二人に個人的な因縁があって、もう片方を切り捨てようとしたら、嫌だなぁ……。

まぁ、一応、国はこちらの条件を呑《の》むと言っているのだ。

なら、会って話さないとどうにもなるまい。

そう思い、俺たちはスペルド族の村を出発した。

★　★　★

さらに四日後。

国王との交渉は、あっさりと成功した。

ビヘイリル王国の国王は怯えていた。態度こそ王様らしい感じだったが、俺の言動の一つ一つを気にしていたし、エリスやルイジェルド、アトーフェといった存在にもビクついていた。

まぁアトーフェにビクつくのはわかる。俺だってビクつく。怖いもん。

そんな彼は言った。

自分は剣神と北神に脅されていただけだ、と。

偉そうな言葉を使って遠回しにだが、そう説明してくれた。

一応、指輪を全てはずしてもらい、吸魔石も使わせてもらったが、ギースが入れ替わっているわけではないようだった。

しかし、やはりギースが絡んでいたらしい。

まんまと騙された。

ともあれ、捕虜の名前を出しつつ強気に交渉すると、すぐに鬼ヶ島の戦力をなんとかしてくれれば、スペルド族について全面的に認めると言ってくれた。

こちらも、多額の賠償金や、領土をもらおうとか、そういう難題を押し付けているわけではない。

元々この国に住んでいて、この国の助けになっていた人々を、認めてくれ、というだけだ。

その上、討伐隊を強引に動かして現状を招いたのは、ギースの独断だ。

国王としては、ため息をつきながら呑まざるをえないだろう。

ついでに、ここで要求を蹴れば、鬼族《おにぞく》との縁も切れる。鬼族の捕虜をビヘイリル王国が見捨てる形になる。

鬼族と密接な関係にあるこの国、鬼族との縁が切れることは、この国の終わりを意味するのだ。

★　★　★

というわけで、俺たちは第三都市ヘイレルルへとやってきた。

遥《はる》か遠く、ぼんやりと火山のような島が見える港町。

俺はここで待機し、アトーフェとシャンドルが鬼ヶ島へと渡り、鬼神との交渉を行うことにした。

使者として、アトーフェとシャンドルに鬼ヶ島へと出向いてもらう。

俺自身も鬼ヶ島に渡りたいところだが、一式が船に乗らないのがネックとなった。

一式の重さに耐えきれる船がないのだ。

鬼神がどう動くかわからない状態では、一式のそばから離れないほうがいい、という結論だ。

何事もなく鬼神との交渉が進み、鬼ヶ島での捕虜解放が済めば、ビヘイリル王国での用件は終了だ。

ちなみにスペルド族は、地竜の谷の近くではなく森の入り口付近に住むことを許された。

疫病の原因は結局わからないままだったが、疫病の原因からは遠ざかるはずだ。

移住に少し手間は掛かるだろうが、俺の仕事はほぼほぼ終わりだ。

最後に鬼神と戦う可能性だけは考慮にいれておかなければならないが……。

剣神も北神ももういない。勝機はあるはずだ。

ギースがまだ戦力を残しているのだとしても、厳しそうなら、一旦《いったん》森まで戻り、態勢を立て直してもいい。

「……」

などと考えつつ、俺はエリスとルイジェルドを護衛に、灯台に上って海を見ていた。

久しぶりの海はいいな。

海は広く、大きい。晴天の空の下に広がる大海原の向こう、水平線の彼方《かなた》にポツンと見える島が、鬼ヶ島だそうだ。

鬼ヶ島、というからには、鬼っぽい顔の形をした島かと思ったが、わりと普通の島だ。

いわゆる火山島らしく、山からは煙のようなものが立ち上っている。

こうして見ると、雄大さや不気味さのようなものはあるが、禍々《まがまが》しさはない。

どちらかというと、素朴さがある。温泉とかありそうだ。単に鬼族が住んでいるから、鬼ヶ島という名なのだろう。

もちろん、海を眺めるためだけに灯台に上ったわけではない。

理由は大海原の一点。

鬼ヶ島へと近づく、一隻の船にある。アトーフェとシャンドルの乗った船だ。

俺はこの灯台に立ちつつ、千里眼を使って彼らの交渉を見守るのだ。

そして、交渉が失敗して鬼神が暴れ始めたり、ギースが交渉の場にひょっこりと姿を現したら、この位置から大規模な魔術を撃ち込む算段になっている。

鬼ヶ島にいる無関係の鬼族を巻き込み、ビヘイリル王国との交渉もおじゃんになりかねない計画だ。

しかし、もし本当にギースが来るのなら、俺は撃つ。

「……ねぇ、ルーデウス、ちゃんと見えてるの？」

「見えてるよ。説明する？」

「いらないわ」

エリスの言葉に苦笑しつつ、偵察を続ける。

千里眼を使って見えるのは、島の一部、浜辺だけだ。ただ、その一部、特に見やすい位置に、人が集まっているのが見える。

俺たちは、そこを交渉の場とした。

浜辺には、ひときわ巨大な体を持つ鬼族、鬼神マルタが見える。さらにその周辺には、戦士と思われる鬼族が何人も立っていた。数名に包帯が巻かれていたりするところを見ると、何度か戦闘はあったようだ。

彼らと相対しているのは、黒い鎧《よろい》を身に纏《まと》った不気味な騎士たち。

アトーフェ親衛隊だ。ムーアの姿もある。

彼らも多少は負傷しているのかもしれないが、見たところダメージはない。

さすが、鬼族の戦士団より圧倒的に強かった、ということか。

それでも鬼神と戦えばどうなるかわからんだろうが、村を人質に取った状態だ。戦わなかったのだろう。

また、アトーフェ親衛隊の後ろには、人質なのか、五人ほどの鬼族の女や子供が縛られているのが見て取れた。

しかし、戦闘があったということは、人死にもあったろう。

これは一悶着《ひともんちゃく》あるかもしれない。

そう思ってドキドキしつつ見ていたが、アトーフェとシャンドルが到着した後、人質の半分があっさりと解放され、鬼神とシャンドルが何事かを話し合い、その場は解散となった。

どういう話がなされたのかわからないが、鬼神は肩を落としているようだった。

千里眼は声が聞こえないのがネックだな。

★　★　★

「ルーデウス！」

第三都市ヘイレルルの宿屋で寝ていた俺は、エリスの声で起こされた。

「……なんだいハニー、もう少し眠らせておくれよ」

と思いつつ胸を揉もうとすると、手を払われた。

カレったらいけずだわ。バイオレンスだし。でもあたしがいけないの。禁欲なのにさわろうとしたから。

「来たわ！」

「何が？」

「奴よ！」

エリスはそう叫ぶと、部屋を飛び出していった。

フィーリングで会話するのはやめてほしい。俺のような知的な人間は、曖昧な単語だと理解できないのだから。

「奴……？」

俺はよくわからないまま、体を起こす。

寝ぼけ眼をこすりつつ、窓から外を見ると、そこには赤黒い頭髪を持つ集団が、宿の前に集まっていた。

「――奴か！」

慌てて部屋を飛び出して、一階へと走った。

「……」

鬼神は宿の前で、あぐらをかいて座っていた。

彼の周囲には、鬼族の若者たちが痛々しい表情で彼を見つめて立っていた。

彼らと相対するように、エリスにルイジェルドといった面々が武器を構えて待機している。

俺が進み出ると、人垣が割れて道が出来た。

俺は鬼神の前へと進み出る。

すると、シャンドルが俺に耳打ちをしてきた。

「鬼神が、手打ちにしたいそうです。罠の気配は薄かったため、連れて参りました」

「……わかりました」

これ以上は戦わない、というのなら、俺もノーとは言わない。

シャンドルの予想はわからないが、ギースの策略とも思えないし、見たところ、エリスやルイジェルド、アトーフェといった面々が警戒していないようにも見える。

この辺の人間に通じる、警戒心を解く何かがあったということだろうか。

「……」

鬼神は俺をジロリと睨みつけると、探るような声音で聞いてきた。

「……おめが、カシラか？」

「はい。ルーデウス・グレイラット。責任者です」

「おで、マルタ」

俺が頭を下げると、マルタも座ったまま、頭を下げた。

「話、ある」

「……こちらも少し、聞きたいことはあります」

俺は鬼神に倣い、地面にあぐらをかいて座った。

相手も同じ体勢だし、失礼には当たらないと思いたい……と、思ったら、鬼神の脇にいた若者が、すかさず俺の横にかしずいて、鬼神と俺の前に、盃《さかずき》を置いた。

盃である。

すぐに盃には飲み物が満たされる。俺のものには、恐らくこの辺の酒が。

鬼神のものには黒い液体。多分醤油《しょうゆ》だな。

醤油といい、味噌《みそ》といい、このあたりは文化が日本に近いのだろうか。

「飲め」

「いただきます」

鬼神が一気にそれを呷《あお》り、俺もそれに倣う。飲みきるのが礼儀かもしれないが……酔っ払ってもまずいので、一口だけ。

しかし、さて、何から話したものか。

まずは、ギースのことだろうか。あなたは使徒ですか、と。

鬼神殿は、あまり頭のよろしくなさそうな風貌をしている。難しいことを、わかりやすく、簡潔に伝えねばなるまい。エリスにものを教えるかのように、優しくだ。

「おで、話、聞いた」

少し迷っていたら、鬼神が口を開いた。

「魔王、村襲った、食い物奪った。許せない。でも戦わない奴、みんな生きてた」

鬼神はそう言って、周囲の鬼族を見渡した。

みんな生きてた……？

少しでも戦闘があったのなら、死人は出たと思うが……いや、『非戦闘員』の死人は出なかった、ということか。

アトーフェもそのへんの分別はわきまえていたらしい。

いや、ムーアの作戦だろうけど。

「おで、おめの家、壊したけど、おめの戦わない奴、生かした。お互い様」

「……」

「鬼族、国守る。国、おめに負け認めた。おで、鬼族のカシラ。もう、戦う理由ない。手、打つ」

アトーフェが村を襲ったのは許せない。

でも、自分も俺の事務所を襲った。しかし、非戦闘員は攻撃しなかった。だからお互い様。

鬼族は国を守る義務があるが、国はすでに負けを認めた。

鬼族の頭《かしら》として、戦う理由がないと判断するので、手を打ちたい。

ってところかな。

「ギースに関しては、いいのですか？　何か頼まれていたのでは？」

「ギース、おめ、国滅ぼす言った。だから、手伝った。けど、ギース逃げた。おめ、国滅ぼさなかった。これ以上やる、国も、鬼族も滅びる」

ギースは、俺がビヘイリル王国を滅ぼすと言った。

けど、滅ぼさなかった。それどころか、ギースは逃げてしまった。

これ以上やると、確実に国も鬼族も滅びる。

「ギース、嘘ついた。もう信じない」

しかし、俺は国を滅ぼさなかった。全てはギースの嘘だった。

「おで、降伏する。おで、死んでもいい。でも、戦わない奴、命、助けてほしい」

鬼神はそう言って、その巨大な巨体を、前に倒した。

土下座に近い形。

周囲の若者は、沈痛な面持ちだ。ここで俺が鬼神を殺す可能性が高いと思っているのだろう。

敵を殺すのは、当然のことだ。

そして、彼らは嫌々ながらも、それに従うつもりだ。鬼神が死に、自分たちが生きながらえる、その結末を。

なぜそんな悲壮なのか。

そう疑問に思ったが、しかし、そうか。国が敗北を認めた、ということは、鬼神たちも後ろ盾がない、ということだ。戦力はこちらの方が上で、これから戦おうと思えば、俺たちは鬼ヶ島を蹂躙《じゅうりん》できる……俺にとっては、無駄なことだが。

さて。殺すべきか、殺さざるべきか。

鬼神はギースをもう信じないと言った。嘘をつけなさそうな感じのする御仁だし、信じてもいい。

鬼神は、言葉は拙いが、決して馬鹿ではなさそうだ。

俺の解釈が合っているなら、言うことは理路整然としていた。知能指数は不死魔族より上だろう。

となると、案外、嘘をつける、という可能性がある。

「……」

少々考えた後、俺は最後に一つだけ聞いた。

「鬼神殿、あなたは、ヒトガミの使徒ではないのですね？」

「違う。ギース、ヒトガミの名前出した、けど、おで、そいつ知らない。知ってても、島、大事」

鬼神の目は力強くまっすぐで澄んでいた。

これで嘘をつかれていたら、俺はもう何も信じられない気がする。

「受け入れます」

そう言うと、周囲がほっとした空気に包まれた。

生かしておいたほうがいい。その方が、後々のためになる。

「ですが鬼神殿、あなたには、ギースと戦ってもらいます。逃げたり裏切ったりしたら、悪いですが、島に攻め入ります」

ギースの罠を潰《つぶ》すということを考慮すれば、これがいいだろう。

鬼神と鬼族のつながりは深い。脅すのは好きになれないが、土壇場で裏切られるのも困る。

「わがっだ。戦うの、おで一人でか？」

「いえ、俺たちと、です」

「んだば、おでが死んだあと、戦わない奴、どうなる？」

「鬼族の生き残りに関しては、俺たちの誰か……生き残った者が責任を持って、保護します」

「ん。嘘でねな」

鬼神は頷いた。

すると、先ほどの若者が、また鬼神の盃に醤油を、俺の盃に酒を注ぎ込んだ。

鬼神がそれを手に取り、捧《ささ》げ持つ。俺もまた、真似して捧げ持った。

「鬼の角にかけて」

「…………龍神の名にかけて」

俺が適当にそう返すと、鬼神は真面目くさった顔で頷いた。

「ん」

そして、盃を空ける。

こうして、鬼神との戦いも、終わった。

★★★

その晩、ヘイレルルル近くの浜辺にて酒宴が開かれた。

鬼族の酒が蔵より出され、鬼族全員と、俺たちに振る舞われた。

鬼族では、戦った後、仲直りをしたら、酒を飲み交わす習慣があるらしい。

酒を飲んで、全てを水に流す。それが、鬼族流の手打ちだそうだ。

俺は鬼神にしこたま飲まされ、途中から飲みきれずアトーフェに任せたら、そのまま鬼神とアトーフェの飲み比べが始まったので、ひとまず抜け出してきた。

俺は解毒で悪酔いを覚ました後、しばらく宴《うたげ》の中を歩いていたが、ふと、ある人物がいないことに気づいて、波打ち際へとやってきた。

そこでは、シャンドルが一人で飲んでいた。

「あぁ、どうも」

「隣、いいですか？」

「どうぞどうぞ」

俺は彼の隣に座り、ふぅと息を吐いた。

こんな離れた場所で彼が何を考えていたのか。それは、鈍い俺でもわかろうというものだ。

アレクのことだろう。

彼は最後の最後に、アレクに降伏勧告をしていた。北神といえど、息子と敵対して、殺したいとは思わないはずだ。

もっとも、俺はアレクを殺したことを謝罪するつもりはない。

もし、俺があそこで引いていれば、あそこでアレクを見逃していれば、もしかすると、この宴は行われなかったかもしれない。北神はギースと合流し、鬼神と組んで、さらなる攻勢に出てきたかもしれない。

実際、その判断をシャンドルも間違っていたとは思っていないのだと思う。

シャンドルはなにかを言ってきたわけではないが、割り切っているはずだ。

「アレクのことは、残念でした」

「ええ」

しかし、間違っていないことと、そのことについて黙していることとは別だ。

「あの子は……昔から才能がありましてね。剣を持てば、誰よりもうまく操り、魔物と戦えば、一瞬で弱点を看破した。同年代で、彼に勝てる者はいなかった」

「……」

「だから、私も期待してしまいましてね。王竜剣を授けて、北神の名を継ぐように言ったのです。ですが、もしかすると、それがいけなかったのかもしれません」

アレクは、英雄にこだわっていた。妄執のように。

「北神なんてものは、所詮《しょせん》は名前にすぎないのに。彼はこだわってしまった」

シャンドルはそう言って、酒を飲み干した。

俺に、言えることはない。この先、もっといろんな経験を積めば、北神と名乗るのにふさわしい何かが身についたのではないかと思うが、俺には言えない。

アレクはもういないのだから。

「まぁ、過ぎたことです。私はしばらく悩むでしょうが、ルーデウス殿が気にかける必要はない。そういう戦いだったという、それだけのことです」

「……そうでしょうか」

「ルーデウス殿は子沢山だと聞いています。なら……また考えなければいけない機会もくるでしょう」

子供に先立たれる親の気持ち。俺には、まだわからない。この先、わかりたくもない。

「何にせよ、我が息子の冥福を祈って」

「はい」

そこで会話が途切れた。

前から響く波の音、後ろから響く、饗宴《きょうえん》の声。そんなBGMの中で、今回の戦いについて話していると、この戦いが本当に終わりなのだという実感が湧いてくる。

ギースを倒していないどころか、姿を見てもいないのに、終わり。

それが、終わった戦いに一抹の不安のようなものを芽生えさせる。

結果的に、今回の戦いは、圧勝に近かった。

だが、ギリギリであった部分や運の要素が強かった部分も多い。

次はどうか。今回と同じぐらい立ち回り、勝利を得られるか。厳しいかもしれない。ギースは今回の戦いを見て、さらなる作戦を立ててくるだろう。

「結局、ヒトガミの最後の使徒は、誰だったんでしょうね」

出てきたのは、そんな言葉だ。

剣神は違う。北神も違う。鬼神もどうやら、違うようだ。

ギースと、冥王ビタは確定として、あと一人が、まだわからない。

鬼神曰《いわ》く、ギースは逃げたという。俺の予想通りなら、今回出会わなかった人物を連れての逃走だろう。次に備えて、戦力を温存したのだ。

しかし、何か。何か一つ、忘れていることがある気がする。

一つ、ピースが欠けている。もう一人、使徒らしき人物がいたはずだし、その候補についても聞いていたはずだが、出てこない。

「そうですね。正直、私も想像がつきません。もしかすると、別の場所で、別の使徒が動いているのかもしれませんよ」

別の場所で、別の使徒。

そう聞いて思い浮かぶのは、我が家のことだ。

鬼神は襲わなかった。でも、別の手が伸びている可能性はある。俺たちはまだ、帰る術《すべ》を持っていない。手は打ってあるが……しかし、予定よりも遅い。

今頃、シャリーアでは戦いが起きているのではなかろうか。

「ふぅ……」

悩んでも、仕方がない。

やきもきするが、向こうは、向こうの人に任せるしかない。ただ、子供に先立たれる親の気持ちを味わいたいとは、思わない。そんな気持ちを味わいたくないがために、俺は戦っているのだ。

そういう気持ちを押し流すように、俺は酒を口に含み、一気に嚥下《えんげ》した。

はやく、帰りたい。

「おや？」

ふと、シャンドルが顔を上げた。

海の向こうを見ている。

「何か、いますね？」

その言葉に、俺も海を見た。

現在時刻は夜。海は真っ黒で、何も見えない。ただ波の音だけが聞こえてくる。

千里眼を使ってみるが、やはり見えない。

「どこらへんですか？」

「ほら、あれです。近づいてきています」

相変わらず、視界には何も映らない。

しばらく目を凝らしていたが、やはり、何も見えない。

シャンドルは、酔っ払って幻覚でも見ているんじゃなかろうか。

「灯《あか》りでもつけますか？」

「…………本当に見えていないんですか？」

「見えません。シャンドルさんの目が良すぎるんじゃないですか？」

シャンドルは訝《いぶか》しげに眉をひそめた。

確かに、千里眼持ちが言うことではなかったかもしれない。もしかすると、俺が酔っ払っているせいで、見当違いの方向を見ているのか。もっと、上の方とか？

「……まさか！　ルーデウス殿、魔眼を閉じてください！」

「え？　あ、はい」

目を瞑《つぶ》る。

「そうではなく、魔眼に注いでいる魔力を、限りなくゼロに！」

「……」

俺は、言われた通り、魔眼の魔力を切った。

予見眼も、千里眼も。

普通の目として見えるように。

「……え」

すると、見えた。

今、まさに、波打ち際から砂浜へと上がってこようとしている存在が。

そいつは、大きかった。二メートル半……鬼神と同じぐらいの大きさを持っていた。

そいつは、金色の鎧を身に纏っていた。

そいつは、六本の腕を持っていた。

そいつは、そいつは、肩に人を乗せていた。

肩に乗っていた人物は、おかしな文様のついたローブを羽織っていた。

ローブのフードを取ると、見覚えのある顔が俺の目に飛び込んできた。

「あー、センパイとここで遭遇しちまうか……」

猿顔の男……。

ギース。

ギース・ヌーカディア！

「やれやれ、見つからずに上陸しようと思ったら、いきなりこれか。うまくいかねぇな」

「フハハハハ、計画通りに物事が進むとは思わんほうがいいぞ」

「ははっ、違ぇねぇ」

ギースに答えたのは、黄金の鎧に身を包んだ男。

聞き覚えのある声。この笑い声を、忘れるはずもない。

「バーディ陛下……」

バーディガーディ。

なぜここに、なぜそんなものをつけて、なぜギースと一緒に。

まさか、鬼神が裏切った？

それともシャンドルが呼び込んだ？

でもまさか、いや、でも、だって、え？

様々な思いが脳裏を駆け巡るも、言葉にならない。

体の奥底から、得体の知れない震えのようなものが上がってきている。

この黄金の鎧は、ヤバイ。何がどうヤバイのかはわからないが、そのヤバさ、禍々しさはわかる。

これは、俺が生身で戦ったら、瞬殺される類《たぐい》の相手だ。

「久しぶりであるな、ルーデウス、それにアレックスよ」

シャンドルもまた呆然《ぼうぜん》としつつも、しかしその額には、びっしりと汗が張り付いていた。

すぐに攻撃しなければいけないのに、動けない。

そんな感じが、今のシャンドルからは見て取れた。

「叔父上。なぜ、ここに？」

「決まっておろう。我輩がヒトガミの使徒だからである！」

バーディガーディは言った。

堂々と、はばかることなく、言った。

最後の使徒だと。

「……ああ」

そうか。そうだな。

散々、言われていたじゃないか。

オルステッドもキシリカも、バーディは使徒の可能性があると言っていた。

そして、ルイジェルドをスペルド族の村まで連れてきた人物は、何を隠そうバーディガーディだ。

なんで忘れていたんだ。最後のピースがハマった感じ。


「ヒトガミの要請でルイジェルドをスペルド族の村に送り届け、戦いに備え、中央の海へと沈んだこの鎧を取りに行っておったのだ。冥王ビタ、剣神、北神、鬼神と力をあわせ、逃げ場を失った貴様らと、そして龍神オルステッドを倒し、我が――」

「旦那、旦那」

「なんであるか？　人がせっかく気持ちよく話しているところを……」

「喋りすぎだ。そこまで言うことはねぇ」

「ふむ、つまらん男だ。策略は明かしてこそではないか」

ギースは、頬《ほお》をポリポリと掻《か》いて、肩をすくめた。

だが、今の言葉で、俺の中でも納得がいった。

俺は、正しかった。剣神と、北神と、鬼神。彼らは、ヒトガミの使徒ではなかった。

そして、もし、北神カールマン三世を逃していれば、戦いは続いたはずだ。討伐隊は解散せず、そのまま、森を挟んでの睨み合いが続いたはずだ。

その間に、彼らは鬼ヶ島に上陸。

アトーフェ親衛隊を蹴散らし、鬼神の憂いをなくす。

北神と鬼神にあれだけ苦戦したのだ。そこにバーディが加われば、俺たちに勝ち目はない。

だが、今なら。

冥王が死に、剣神は死に、北神は死に、鬼神は降《くだ》った今なら。

相手は、ギースとバーディだけだ。

「いや、わかってるぜ、センパイ。センパイが森で勝利したってのは、ヒトガミから聞いた。今さらのこのこ出てきても、勝ち目はねえってんだろ？」

ギースは戦闘面では使い物にならない。

だから、勝てる……。

勝てる……はずだが、なんだこの余裕は？

「でもな、本当にそうかな？　こちらのお方は、まさに伝説だぜ？」

伝説という言葉に、バーディがふんぞり返る。

「四千二百年前。かの魔龍神ラプラスと相打ちになった、最強の魔王……」

ごくりと唾を呑み込む。

バーディの身につける金色の鎧が、その存在を証明するかのように光っていた。

「闘神バーディガーディだ。一人でも、十分だろう？」

やはりか。やはり、これが、闘神鎧《とうしんがい》か。

全身から立ち上る、異様な気配。本気のオルステッドを前にした時のような、寒気。

勝てない、と本能的に悟る。

瞬間、バーディガーディが、組んでいた腕を広げた。

「我は闘神バーディガーディ！ 龍神配下『泥沼』のルー――」

「我が名はアレックス・カールマン・ライバック！ 北神カールマン二世なり！ 不死身の魔王バーディガーディに一騎打ちの決闘を申し込む！ 不死魔族の名誉にかけて威風堂々と受けられよ！」

バーディが固まった。

そして、困ったように脇にいるギースを見る。

「むぅ……我輩はルーデウスに決闘を申し込むつもりであったが」

「断りゃいいだろ」

「そうもいかん。魔王たるもの、決闘は受けねばならんと古来より決まっておる」

呆《あき》れ顔のギース。

ヒトガミはまだしも、ギースはやはり、手綱を握りきれていないのか。俺だって、バーディガーディやアトーフェといった面々を制御できる気はしないが。

「ルーデウス殿」

その間に、シャンドルが耳打ちをしてきた。

「ここは、私が時間を稼ぎます。その間に撤退し、戦力を整え、対策を練ってください」

「シャンドルさんは？」

「生きては帰れないでしょう」

息が詰まる。

すぐに返事はできない。だが、すぐに頷くことはできた。

俺は今、生身だ。すぐ近くに一式があるとはいえ、今、この瞬間は、生身だ。

安全マージンとかの話じゃない。一切の勝ち目がないのだ。

二人で戦っても、足手まといになるだけ。ここで俺が戦うことは、デメリットばかりで、いいことはない。

「お願い……します」

俺はそう言って、村の方へと走りだした。

背後に響く凄まじい剣戟《けんげき》の音を聞きながら。

間話「鎧」

我輩がこの世に生を受けて間もない頃、親父殿にあることを教わった。

曰《いわ》く『この世界には、敵対してはならぬ者が一人いる』。

その理由について聞いたが、親父殿は曖昧な言葉で濁し、返してはくれなかった。

我輩にとっては懐かしき、そして珍しき幼少の記憶よ。

時は流れ、第二次人魔大戦が終結した頃、こんな言説が流れ始めた。

曰く『この世界には、敵対してはならぬ者が三人いる』。

おお、なんとも面白いことよな。三人に増えておる。

しかしながら、その内容を初めて聞いた時に、我輩は大笑いしてしまったわ。

なにせその三人というのが、

『龍神』

『魔神』

『闘神』

の、三人であったからな。

思わず「ならば四人ではないのか？」と素で聞き返してしまったほどだ。

本来であれば、ここに技神も加わるであろうからな。

しかし仕方ないことよ。生憎《あいにく》と技神を見たことがある者はほぼ皆無で、存在すら眉唾であったから。

ただ、全てを知る叡智《えいち》の魔王たる我輩は、三人であろうと四人であろうと、中身は変わらぬことを知っている。

敵対してはならぬ者の正体はもとよりただ一人。

魔龍神ラプラス。

かつて第二次人魔大戦で二つに分かたれるまで常に頂点に居続け、分かたれてなお脅威として世界に君臨している。正真正銘の世界最強よ。

我輩も、調子に乗った若人を見る度に、『この世には敵対してはならぬ者が三人いる』と言い伝えてきた。特に北神カールマンなどはそれを気に入ってな、事あるごとに口にしておったらしい。すぐ人に影響を受ける奴であったからな。

さて、とはいえ今の若者たちに『敵対してはならぬ三人』を挙げさせれば、もっと別の三人が出てくるやもしれん。それこそ北神カールマンの名を挙げる者もいよう。

ラプラスの脅威が去って、もはや四百年も経《た》ったのだから。

だからそれはよい。

つまるところ我輩が言いたいのは、ラプラスは凄《すさ》まじく強いということよ。

我輩もそこそこ長いこと生きてきたつもりではあるが、あの男以上の脅威を見たことはない。

だが、どうにもヒトガミ曰く、それ以上の脅威が存在しているらしい。

それが今代の龍神。

龍神オルステッド。

かの龍神ウルペンから続く龍神の技を継承した男よ。確か百代目とか言っておったか？　それほど続いたとは思えぬが、かのウルペンめも数字に関しては適当であったゆえ、何代目かなどどうでもいいのかもしれんな。

ともあれ、この龍神オルステッドが凄まじく強いらしい。

それこそ、魔神や技神を凌《しの》ぐほどに。たとえ相手が魔龍神ラプラスであったとしても勝てるほどに。

信じられるかと聞かれると、なかなか頷《うなず》けん話だ。

我輩もラプラスとは一度戦ったことがあるが、その凄まじさは筆舌に尽くしがたい。

それ以上となると、想像もつかんな！　フハハハハ！

とはいえ、あの姑息《こそく》な人の神が、この地に住むもの全てを塵芥《ちりあくた》と見下し、ラプラスすらも歯牙にかけぬ傍若無人《ぼうじゃくぶじん》が、龍神オルステッドだけは警戒しておる。

なんとかしてあの顔の恐ろしい男を止めねば、殺さねばと苦心して、できないでいる。

あまつさえ、我輩に頭まで下げおった。

それだけでも、信憑性《しんぴょうせい》としては十分であろうよ。

さて、それほど強力な存在に敵《かな》う者がいるのか。

答えは否《いな》よ。

かの魔龍神ラプラスですら敵う者など一人もいなかった。我輩も詳しくは知らぬが、一万年以上もの間、龍神は最強で居続けたと親父殿は言っていたな。

それはそうよな。最強の肉体を持ち、無敵の鎧《よろい》を纏《まと》い、最高峰の武術を使う龍神に勝てる者などいてたまるものか。

四百年前のラプラス戦役において、半分の力しか持たぬ魔神ラプラスですら、七英雄の力を持って封印するのがやっとであったのだ。

おおっと皆まで言うな。そこで疑問が一つあると、そう言いたいのであろう？

なぜ今現在、魔龍神ラプラスは居ないのか、と。

なぜ技神ラプラスと魔神ラプラスに分かたれ、龍神の名をオルステッドが継いでいるのか、と。

答えは一つ。

闘神の名を持つ者が、もう一人現れたからよ。

もう一人の闘神とは……まぁ単なる盗人《ぬすっと》であるがな。

うむ。ある男がラプラスの作りし最強の鎧『闘神鎧《とうしんがい》』を盗み出したのだ。

して、この闘神鎧というものは凄まじく強くてな。

それこそ神でも打倒するために作られたのかと思えるほどの力を、装着者に与えるものであった。

まぁ、常人であれば身につけた時点で死ぬようなものでもあったが……や、常人でなくとも、身につけてしばらくすれば死ぬようなものでもあったが……なんなら、かの魔龍神ラプラスが、第二次人魔大戦の終盤においては装着せずに戦うほどにヤバい代物であったが……。

ともあれ、鎧の力を得た盗人は魔龍神と戦い、相打つに至った。

皮肉なものよな。己の作り出した鎧で討たれたというのだから。

「……話が長《なげ》え。つまり、どういうこった？」

「つまり、闘神鎧があれば、かの龍神オルステッドとて打倒できるかもしれん！　ということである な！」

「なければ？」

「敗北は必至よ。かの若き北神や牙の抜けた剣神は否定するであろうが、龍神の強さは、実際にやりあって生き残った我輩が一番よく知っておる。奴だけは別次元である」

「……」

「我輩も不死魔族であるが、戦えば死ぬであろう。奴は、不死魔族を殺す術《すべ》を知っておるゆえな」

「じゃあどうすんだ？」

「決まっておろう、取りに行くのよ」

「簡単に言いやがるが、そんだけヤベェ鎧、まさかお前んちの納屋に放ってあるわけじゃねえだろ？」

「到達困難な場所にて、厳重な封印が施されておるらしいな！」

「そりゃ大変だ。じゃあおいそれと取りには行けねえな」

「フハハハハ、我輩にとっては納屋みたいなものよ！」

「俺にとっては違《ちげ》ぇと思うんだけどな……」

ギースは呆《あき》れたようにため息をついていた。

とはいえ、もう遅い。

我輩たちの目の前にあるのは、大きく口を開けた大穴だ。

海のど真ん中。ポツポツと顔を覗《のぞ》かせる岩礁。何の変哲もない平凡な海の一角に、五十メートルほどの穴がポッカリと開いている。

その穴からは、水がこんこんと湧き出ている。

そう、流れ込むのではなく、湧き出ているのだ。さて、その水はどこから生まれ、どこへ消えているのやら。

さらに見る者が見れば、穴から凄まじい魔力が放出されているのがわかるだろう。

見る者とは、すなわち我輩のような者であるな。

「ヤベェ空気が充満してんな」

「ほう、わかるか？」

「前にSランクの転移迷宮を攻略したことがあるが、アレの比じゃねえ……」

「フハハハハ！　当たり前よ。なにせこの迷宮は、他の迷宮とはワケが違う。第二次人魔大戦で発生した魔力の集結地点。広大な大地が消えた場所、数千万の魔族たちの魂が彷徨《さまよ》う地」

「世界三大迷宮の一つ『魔神窟《まじんくつ》』よ」


ヒッ、と。

我輩の肩に乗るギースの喉が鳴いた。

★　★　★

迷宮というものは、得てして濃密な魔力のある場所に発生する。

魔力の正体は未《いま》だもって不明であるが、動物や植物を変異させ、時に無機物にすら変化を与える。

迷宮も、そうして変化した洞窟《どうくつ》や遺跡の一種であるな。

魔力というものは、多く集まれば集まるほど、人にとって不利益な結果をもたらす。

魔物が増え、木々で埋め尽くされ、時に病気を引き起こす。我ら魔族ならともかく、人族は一度に多量の魔力に晒《さら》されると体を壊してしまうのだ。最近は意外に人族も頑丈になってきたようで、そうした事例は滅多に聞かなくなったがな。

魔力が集まる法則はわかっておらぬが、魔力同士には引き合う性質があるのか、魔物は人を襲って魔力を喰《く》らい、迷宮は中で死んだ生物を吸収する。

ゆえに人々は魔力の薄い場所に集落を作り、栄えてきた。

現在、町や村がある場所というのも、魔力濃度の低い場所である。

かつてキシリカの居城であったリカリスの町ですらそうだ。

魔大陸において、あそこほど魔力濃度の低かった場所はあるまい。

今は、そうでもないようであるが。

ちなみにアトーフェの要塞《ようさい》だけは別である。

魔物が多い場所に住めば魔王らしく見えるという考えなのだろう。我が姉ながら単純なことよ。

さて、迷宮の話に戻るとしよう。

迷宮は濃密な魔力が渦巻く場所――いわゆる魔力溜《だ》まりによく発生する。より濃密であればあるほど、迷宮は広く深く難解なものになってゆく。

ゆえに迷宮は森の中や荒野、山など、人里から離れた場所に発生することが多い。

そうした場所は元々魔力が濃いゆえに、魔力溜まりも発生しやすいのだ。

魔力溜まりというものは自然発生するものであるが、それも限度がある。

限度を超える魔力溜まりは、ある意味、人工的に作り出される。

死だ。

人が死ぬと、そこには魔力が残る。

もっとも、通常であれば魔力はすぐに霧散してしまうか、死体をアンデッドにするために使われるがな。

だが、狭い範囲で人が大勢死ねば、魔力同士が引き合う性質に従い、霧散せず集束を始める。

第二次人魔大戦の最後、我輩とラプラスの相打ちによって生まれた爆発は、大陸と共に大量の人間を、動物を、魔物を殺した。

そうして生み出された魔力は爆発の起点へと集束し、一つの迷宮を作り出した。

それが魔神窟。

赤竜山脈の龍鳴山にある『龍神孔』、天大陸にある『地獄』と並ぶ最悪の迷宮よ。

「うひー……で、ここを降りるのかよ？」

その内部を探索するのは非常に困難である。

まず入り口から第一階層までは二千メートルほどの縦穴になっている。

壁面は逆流する滝。滝の裏側には人間一人を簡単に丸呑《まるの》みできるほどのウミヘビが大量に生息しておる。

ここをまともに抜けようと思えば、我輩でも三日はかかるであろうな。

「ヒトガミはなんと言っておった？」

「飛び降りろとよ。蛇は水面を流れる奴には敏感だが、空中を落ちていく奴には無関心だからってよ」

「フハハハ、ならば簡単であるな！　トウッ！」

「おぅうわ！」

我輩ジャンプ！

ギースを肩に乗せたまま、中空へと躍り出て、慣性のまま、穴の中央に。

全身に風を浴びつつ、奈落の底へと落ちていく。

うむ。落下の感覚というものは、いつでも心地よいものよ。

はて、前に高所から落下したのはいつのことであったか。赤竜山脈の崖上から飛び降りた時であったか、はたまた魔大陸の大渓谷から飛び降りた時であったか。

我輩はキシリカやアトーフェのように天高く舞い上がることはしないゆえ、久しぶりであるな。

おっと、水面から無数の瞳が覗いておるな。

あれがウミヘビか。

我輩らが水面に手でも触れれば、すぐにでも飛び出てきて襲いかかろうという算段であろう。

確か、名は『水滝竜《フォールドラゴン》』とかいう面白みも何もない名前であったか。

どう見てもドラゴンではないというのに、頭がトカゲならなんでも竜という名をつけたがるのは、人族の悪い癖である。

それにしても、魔物は常々人を襲うものではあるが、時にこうして待ちに徹する存在もいる。面白いことであるな。

「お、おい、ちゃんと着地できるんだろうな！」

「フハハハハ！　我輩、これでも着地は大の得意である！」

「本当だろうな！」

疑《うたぐ》り深い男である。

しかしながら、ギースの心配ももっともである。

穴の底は暗く、着地地点は見えにくい。

我輩にはピンとこないが、我輩が着地をミスると思っても仕方あるまい。

「フワッと着地！」

まぁミスらんが。

両足が接地すると同時に、膝のバネを使い、骨を砕きながら最大限に使って衝撃を殺し、さらに腰骨も砕き、胸の内臓をクッションにすることで、上半身への勢いを殺す。

さらに六本の手を使ってギースを抱え上げ、その肘で衝撃を完全に殺す。

まさに完璧よ。

「ぐふっ！」

と、思ったが、ギースは肺の空気を全て吐き出し、真っ青な顔をしていた。

「ツホ、ゲッホ……」

数秒の沈黙の後、ギースは大きく咳《せ》き込んで、呼吸を取り戻した。

あの程度で呼吸困難とは、軟弱なことよ。

「本当だったであろう？」

「……まぁな」

不満そうであるが、命に別状がない以上、何も言えまい。

「さて」

第一階層。

巨大な穴の下に広がるのは、これまた広大な地底湖である。

水の中から巨大な柱が立ち天井を支えているが、不思議なことに天井にも水が溜まっている。

上も下も洪水。どこぞの遺跡にあるナゾナゾのようであるな。

ポツポツと陸地は見えるが、湖の端は見えぬ。ここからさらに下に行くとなると、水に潜るしかないが……。

この湖の底にいるのは、小さな蟹《かに》のような魔物である。

本当に小さく、小指の先ほどの大きさもない。

そんな蟹が、底の方に溜まっている。

一見すると大した脅威ではないが、敵がある程度の深さまで潜ると一斉に襲いかかり、ものの数秒で骨に変える。

我輩であれば耐えられるであろうが、ギースは骸骨であろうな。

ちなみにここから先、魔物に名はついておらん。誰もここまで来たことがないからな。

あるいは、ラプラスめが生きていれば、ここに来て魔物一つ一つに名前をつけていったやもしれんが。

聞くところによると、奴めはそういうマメな男だったという話であるし。

「フハハハハ！　ここからどうする？」

「ちょっと待ってろ」

ギースはそう言って我輩の肩から下りて、目をつむった。

そしてその場で三回、クルクルと回り、スッと腕を上げた。

「あっちだな」

「フハハハハ！　面白い！　それは貴様の種族のまじないか何かか？」

「いいや、ヒトガミがこうすりゃ先に行けるってよ」

「フハハハ！　答えを聞いてきたのか！　つまらんなぁ！　迷宮探索といえば、事細かにマップを作っていくものではないのか？」

「俺にはそんな余裕ねぇんだよ！」

そうであろうな。

我輩としては、こんなだだっ広い空間に一ヶ所だけあると思われる下層への通路を探すような、チマチマした作業は嫌いではない。

しかし短命な種族は、どうしたって無駄な時間を省きたがるものだ。

無駄こそ大事であるというのに。

「フハハハ！　では参るぞ！」

「おう」

我輩はとにかく笑ってギースを背中に乗せ、あまりにも静かな地底湖を泳ぎ始める。

遥《はる》か下方で何かがうごめくのを感じつつも、しかし奴らが上がってこないと確信しながら。


そうしてどれほど泳いだだろうか。

ギースが我輩の背で眠そうにし始めた頃、地底湖にポツンと島があるのが見えた。

上陸してみると、石造りの床になっており、中央には下へと続く階段が存在していた。

「一階層を最速で降りるだけでこんな時間かかんのかよ……どんだけ広《ひれ》ぇんだここは……」

「ふむ……」

ギースのボヤキを聞きつつ、我輩はどことなく見覚えのある階段に、目を細めるのだった。

★　★　★

そうして、何層降り続けただろうか。

ギースは各階層の『抜け方』を完全に憶《おぼ》えていた。

ヒトガミから示唆されたそれは、明らかに常軌を逸するもので、なぜそれでこの階層が抜けられるのか、なぜこの階層で魔物と出会わぬのか、まったく理解できぬことばかりであった。

ギースはそれを疑問に思わぬのか、……思わぬのだろうな。人生で一度でもヒトガミの言うことを疑っておれば、この男は生きてはいまい。

この男もそれがわかっているからこそ、ヒトガミに感謝しているのだろう。

「フハハハハ！　迷宮の奥には、なぜこうも仰々しい扉があるのだろうな！」

「さぁな。迷宮にも見栄ってもんがあるんじゃねえか？」

「フハハハハハ！　見栄っ張りか！　面白いな！　フハハハハ！」

我輩たちの目の前にあるのは、高さ十メートルはあろうかという巨大な扉だ。

第二次人魔大戦時、キシリカの居城であった城の扉と同じぐらいの大きさである。

あの扉は、作られてから失われるまで、ただの一度も開くことはなかった。

あまりに巨大すぎて、開くことすら一苦労だったからである。

今の我輩よりも巨大な者でさえ、その隣にある通用口から出入りしておった。

懐かしいものだ。かつて我輩は、こんな大きくて開きもしない扉をなぜ作ったのか、さっさと鋳潰《つぶ》して兵の武器にでもすればいいと、散々言ったものである。

キシリカは、「勇者が来た時にみすぼらしい扉じゃ魔界大帝としての威厳が失われる」とかなんとか愚かなことを言って突っぱねてきおったが。

結局あの扉は、開かれたのであろうか。

ラプラスめは、あの扉を開いたのであろうか。あるいは蹴破りの一つでもしたのなら、あの扉も存在していた意味があったというものであるが……。

かつては、我輩は自分の考えが絶対に正しいと思っておった。

しかし、こうして自分が挑む側に立ってみると、キシリカの言う威厳とやらも……いや、うむ、まったく理解できぬな！　フハハハハ！　この扉は明らかにデカすぎて壁にしか見えん！　勇者もこの扉を無理に開けようとはせず、横の通用口を使ったであろうな！

「この奥、いやがるな」

「そのようであるな」

ギースの言葉に我輩も頷く。

迷宮の最深部には、こうした仰々しい何かが存在している。

特に高位の迷宮になればなるほどその傾向は強く、我輩が見た中で特に荘厳《そうごん》だったのは、『玄鉄《くろがね》の迷宮』の最深部にあった、黄金の扉であるな。キシリカが喜びそうなものだ。

さて、ともあれ最深部の扉の奥にあるものといえば、いわゆる守護者の部屋である。

この扉を開ければ、この迷宮で最強の魔物との戦いが始まることとなる。

『魔神窟』の守護者ともなれば、想像を絶するレベルの相手であろうが……。

まぁ、それ自体はよかろう。

どうせギースが攻略法を聞き及んでおるでな。

苦戦はするであろうが、最後には勝てるのであろう。

「……」

我輩はふと笑う気が失《う》せ、扉をじっと見た。

「どうした、旦那？　まさか怖気《おじけ》づいたのか？」

「うむ」

素直に答えると、ギースはギョッとした顔でこちらを振り返ってきた。

「お、おいおい、どうしたんだよ！　旦那ともあろうものが！　そりゃ、こんな地獄みてぇな迷宮の守護者を相手にするんだ、気負わなきゃいけねえのはわかる！　けどあんたぁ不死身の魔王だろ!?　何を恐れることがあるんだ？」

おどけた調子でそう言う猿顔の魔族。

ギースは相手を説得する時、こうしておどけてみせる。そして、いざという時には声の調子を落として、ストンと相手の心の奥底に自分の言葉を置いてゆくのだ。

この男なりの会話術なのだろうな。

まぁ、それはいい。

「……ふむ」

「まさか、本当に恐れをなしてるってわけじゃねえだろうな？」

無論、我輩とて守護者程度に恐れをなしているわけではない。

そもそも、我輩ら不死魔族は、戦いを恐れる理由がない。なにせ死なぬのだからな。フハハハハハ！　とはいえ、だ。

「見よ」

背後を振り返る。

そこに広がるのは、死屍累々《ししるいるい》とした光景であった。

どこからともなく吹き上がる炎に、絶えず続く地震。幾度となく地割れが起こり、地表にあるものを全て呑み込んでいく。

そんな空間に倒れ伏すのはアンデッド。

砕けた骨、霞《かすみ》のように消えた霊体、バラバラになった黒鎧《こくがい》。

「まぁ、地獄みてぇだよな。こんなところをマジで攻略したってんなら、末代まで語り継げるぜ。今回のは、まぁ、誰にも言えねえし、信じてももらえねぇだろうけど……」

「我輩にとっては懐かしき光景である」

その言葉で、ギースはギョッとした顔でこちらを向いた。

「あん？　なんだそりゃ？　どういう意味だ？　前に来たことあんのか？」

「うむ。ここではないがな！」

それは、第二次人魔大戦が終わった日だった。

キシリカを助けるべく、闘神鎧を身につけ、我輩は魔族の本拠地へと戻っていった。

そして、見た。

あの日、新キシリカ城の前では、あまりに濃い魔力濃度ゆえ、死んだ者は一時間と経たずアンデッドと化してしまっていた。

アンデッドは、全て我輩と顔見知りであった。

キシリカに忠誠を誓い、その実力を認められた、真の戦士たち。

キシリカ親衛隊。

彼らは恐らく決死の覚悟で戦ったのであろうが、しかし全員が一刀のもとに殺されていた。

なぜなら、全員が首のないデュラハンと化していたからである。

そして、いましがた見えていたアンデッドたちにも、その面影は残されていた。

同じ顔も多く、明らかに模倣して生み出されたアンデッドであるとわかるのだが、しかし我輩にははっきりとわかった。

そして、思えば、この迷宮は全てに見覚えがあった。

第一階層から第二階層へと続く石造りの螺旋《らせん》階段に始まり、その後の砦《とりで》の内部のような構造、満天の星が輝くような天井の空間、人型の魔物が身につけていた武具、崩れ落ちた外壁の裂け目、道端に咲いた、今はどこにも生えていない小さな花、絶滅したはずの魔物……ありとあらゆるものに、見覚えがあった、見覚えどころか、既視感さえも覚えた。

「どぅれ」

我輩は心を鎮めるべく、その場に座った。

「まぁ、座るがよい」

「……」

ギースもまた、我輩の前へと座る。

男が対面で座るとなると酒の一杯でも飲みたいところだが、生憎と無い。

素面《しらふ》でするような話でもないのだが、まぁよいか。

「かつて、この世界は今とは違う形をしていたというのを、貴様は聞いたことがあるか？」

「確か、黄金騎士アルデバランが放った一撃はキシリカ・キシリスを倒したのみならず、大陸を割り、海を創った、とかだったか？」

「それよ」

この伝説は、今では作り話とされておる。

ただ一人の手によって、大陸が形を変えたなど、信じられようはずもない。

人は広大な大地を見た時、己の矮小《わいしょう》さと自然の懐の深さを知るものだからな。

我輩とて、その一員である。山とは、海とは、自然とは、常に雄大で、人間がどうにかできるものではないのだ。

「あんまピンとはこねぇが、あんたはその場にいたんだよな」

「うむ」

ギースもまたそうなのだろう。

だから、そのような聞き方をしてきた。

「我輩が生まれた時、リングス海などという海はなかった」

ギースが息を呑むのがわかった。

さもあらん。

ほんの数日前に渡ってきた海が、かつて存在していなかったなどと知れば、誰もがそんな顔をする。言葉を信じたのは、我輩から発せられた言葉であったからだろう。

「イダツ山、アーレスの丘、ミミシラン川、カブレ湖……聞き覚えは？」

「……」

ギースは首を振る。

さもあらん。

「どれも、かつて存在していた地名である。それぞれ、当時は相応に歴史があってな。イダツ山などは、過去に長耳族《エルフ》の剣豪イダツレードが秘剣を開眼した山ということで有名よ」

「へ、へぇ……」

知らぬのだろう。

イダツレードは第一次人魔大戦で死んだ男だ。

幾千もの魔族を斬り捨てた長耳族《エルフ》の剣士。

最後は五大魔王が一人、不死のネクロスラクロスとの決戦で壮絶な討死《うちじに》をした。

その逸話となる書などは残っておらず、その逸話を語り継ぐ者もおらず、そしてその逸話の象徴となる山すらなくなったのだから、知らぬも当然よ。

まるでその男の生きた証《あかし》全てが消えてしまったかのような、そんな感覚すらあった。

だが、確かに我輩は憶えている。

剣豪イダツレードの逸話は、第二次人魔大戦当時では、かなりポピュラーなものであったのだ。

誰もが知っているわけではないが、剣の心得のある者であれば、概《おおむ》ね知っているような。

いまや、誰も知らぬが。

「人も、建物も、それどころか地形すらも消え失せてしまった。全てなくなったのだ」

口に出してみると、なんとも心が締めつけられた。

「今から取りに行く闘神鎧にはな、それだけの力がある」

思い出すのは、失われたもの、失われた記憶だ。

もはや、誰も憶えていない、数々の美しき風景だ。

「世界すら滅ぼす力よ」

ギースは、今から失われるかもしれないものがどれほどのものか、わかっているのだろうか。

「ビヘイリル王国。そこで以前と同じような結末を迎えたとして、消えるのは天大陸全土と、中央大陸と魔大陸の半分か」

「……」

「巨大な爆発は、残った大地にも地形変化をもたらす。中央大陸は今までのように豊かなままではいられまい。大森林は砂漠になるやもしれん。ミリスは水没するやもしれんし、ベガリット大陸は押し出され、今以上に隔離されるやも……」

「……」

「となれば、種族は混ざり、争いが起こる。四千二百年前から三千年近く、歴史書には記されておらぬが、暗黒の時代があったのだ。あらゆる種族が己の居場所を探して旅をし、争い合う日々がな……」

といっても、我輩が目覚めたのもあの戦いからしばらく経ってからゆえ、詳しくは知らぬがな。

フハハハハ！

だが、長い年月をかけて、人族が魔族を中央大陸より駆逐し、魔大陸に押し込んでいった記憶はある。

「土地が変わり、文化が変わり、生活が変わり、争いが生まれる、それらは人づてに聞くだけだとピンとこぬ話であろうが……」

目覚めてすぐは、愕然《がくぜん》としたものだ。

世界は以前と変わらぬように見えて、完全に様変わりしておったのだから。

「完全に別の世界よ」

世界が滅ぶというのは、案外地味なのだ。

特に何千年も前のことともなれば、人々の記憶に残らぬ。

かつてを知るは、我ら不死魔族ぐらいなものよ。

我輩はあの戦いから変わった。キシリカと許嫁《いいなずけ》となり、我輩は小難しいことを考えないようになった。毎日を楽しく過ごし、平和を謳歌《おうか》した。

ゆえにこの四千二百年は、良い思い出だらけよ。

悪い思い出は都合よく忘れていったというのもあるがな、フハハハハ！

「……」

ギースの立場ではわかるまい。

「それを思うと、どうにも足が止まってしまってな」

我輩はアトーフェと違い、物わかりのよいほうだ。

だが、こうして実際に足を止めてしまったからには、やはり納得せねば動くまい。

なにせ知恵の魔王だからな。理屈がなければ動けんのだ。フハハハハ！

というわけで、我輩、説得待ちの構えである。

ギースの舌先三寸力が試されるところであるな。

魔王の試練である。

「……なぁ、旦那」

「うむ」

しばらくの沈黙の後、ギースは口を開いた。

「旦那は不死魔族だし、俺なんかとは違う目線で世の中を見てるんだろうな」

「で、あろうな」

「地形が変わり、文化が変わって別世界ってーのも、ま、あんたの目から見りゃそうなんだろうな」

「誰の目から見てもそうであろう？」

「いいや、違うな。そりゃ違ぇよ」

ギースは首を振る。

「俺に言わせりゃ、別に何もしなくたって、隣の国に行きゃあ別世界だし、十年もして元の国に戻ってみりゃ、様変わりして見えんだよ。それこそ別世界みてぇにな」

十年か。

わかってはいたが、大抵の種族にとって十年は長い時間なのだな。

「たった十年じゃ、そりゃ変わってないところも多いし、それを見てホッとする時はあるけどな、その度に変わってねぇのは俺も同じだと思って落ち込んだもんだ」

ギースの言葉は、いつも通り飄々《ひょうひょう》としていたが、しかし何やら重かった。

「世界を滅ぼす？　俺に言わせりゃ、光栄だね。滅んだ後の世界に俺の銅像でも立ててぇぐらいだ」

冗談のように聞こえるが、声音は真剣であった。

「もっとも、そんだけでかい爆発が起こるなら、俺ぁ生きてらんねぇだろうけどな。それどころか、途中の戦いの余波で死ぬだろうよ」

ギースは、まっすぐに我輩を見つつ、語り始めた。

「センパイ――ルーデウスは、あいつはスゲー奴だよ。魔力こそ膨大にあるみてぇだが、俺と同じで闘気も纏えねえのに、腐らず努力して、工夫してよぉ、しかも謙虚で人を頼れるんだ。人に頼れるんじゃねえぜ？ 人を頼れるんだ。あのぐらい何でもできるんだったら、自分一人で何でもやれそうなもんなのによ。要所を他人にきちんと任せられる。なかなかできねえことだ」

「俺じゃや、センパイの相手は力不足だ。んなことわかってる。けどよ、今回、俺がやったことは人集めだ。同じ土俵での勝負だ。なら勝ちてえじゃねえか。俺には、センパイと違ってこれしかねえんだからよ」

「剣神、北神、冥王、鬼神《きしん》、そして闘神。ヒトガミの力を借りてとはいえ、集められるだけの戦力は集めたつもりだ。これ以上ない布陣で挑むんだ。俺が考えて、俺が集めて、俺が勝ちにいくんだ。なら途中で俺が死ぬぐらい、どうってこたぁねえ」

「俺は今まで、ヒトガミの言いつけを守って、薄汚く生きてきた。そんだけ自分の命が大事だった。大事に大事に守りながら生きてきた。絶対に失っちゃなんねぇ。これこそが一番大事なものだって思いながら、でもどっかで、もっと大事なものがあるんじゃねえのかって思いながら」

「けど、今回で終わりだ。死ぬとわかっていても止まるつもりはねえ」

「だからあんたも覚悟を決めろよ。俺の相手がルーデウスなら、あんたの相手は龍神オルステッドだ。ラプラス以上の強敵が相手だってんなら、世界が滅ぶぐらいでちょうどいいだろ？」

命を懸ける。

不死魔族たる我輩にはよくわからぬ感覚だ。

龍神には、不死魔族を殺す技があるし、それにより親父殿は死んだが、しかしそれでもピンとこぬ。

アトーフェとて、何度も封印されてはおるが、今現在もピンピンしておる。

死というものが身近にないのだ。

とはいえ、定命の者たちが命を重要視しているのはわかっておる。

特にギースのような者は、命を惜しむ。

生きていても大したことができぬであろうに、大切に大切にしておる。

……いや、だからであるか。

今、まさに大したことができるかもしれないから、大事な命を使おうというのだろう。

我輩までそれに付き合わなければならぬ道理はないが……。

しかし、我輩もまた龍神に楯突《たてつ》くと決めたのだ。

ヒトガミにつくと決めたのだ。

あの第二次人魔大戦終了時に、二度とやらぬぞと心に決めたにもかかわらず、魔神窟くんだりまで闘神鎧を取りに来たのだ。

覚悟を決めねばならぬのだろう。

ギースと同じように。

「フハハハハ！　その通りであるな！　よし、では世界を滅ぼす鎧を手に入れに参るか！」

「そうこなくっちゃな、行こうぜ！」

いやはや、少し難しく考えすぎたか。

我輩はあの日より、後先考えず、勢いのまま突っ走るのが吉と学んだはず。

それがキシリカにふさわしい男だと、賢くも愚かな我輩はそう思ったのだから。

ならば、そうあらねば！

フハハハハ！

★
★
★

迷宮の守護者は、我輩にとって見覚えのある奴であった。

第二次人魔大戦時、五大魔王と呼ばれておった者の一人。

我輩が最後の決戦の場にたどり着いた時には、とうの昔に死んでいた男。

キシリカ親衛隊の長だった男。

その名も……いや、名を出すのはよそう。

姿形は同じであるが、その存在は別であるから。

魔神窟の最奥にいるのだから、てっきりラプラスに瓜二《うりふた》つの輩《やから》でもいるのかと思ったら、拍子抜けである。

忠義者だが猪突猛進《ちょとつもうしん》で、融通の利かぬ男が魔神窟の主《ぬし》とは、まさに名前負けであるな。

「お、おい、やばそうな奴だぞ……」

「フハハハハ！　確かに見た目は恐ろしく感じるな！　だが大した相手ではない！」

我輩らの目の前に立つのは、やはり首のない騎士だった。

昔と違うのは、頭を持っておらぬことと、漆黒の鎧に身を包み、さらに体中に剣が突き刺さっていることか。

少し動く度に剣が擦《こす》れ合い、ギリギリギャリギャリと耳障りな音を立てておる。

我輩の記憶が正しければ、こやつは体に剣を突き立てる趣味はなかったはずである。

となると……そうか、貴様の死に様は聞くまでもないと思っておったが、やはり最後まで戦ったのであるな。

しかしラプラスとではなく、ラプラスによって半壊させられた軍を率いて、人族の軍勢と。

そして、最後には首を取られたか。

不死魔族でもなければ、首を取られれば死ぬのだ。

てっきり、あの爆発で死体ごと消えてなくなったかと思ったら、こんなところにおるとは。

なんとも懐かしい再会。涙がちょちょぎれそうになるな！

本来なら、酒でも飲み交わしつつ、かつての戦の思い出話でもしたいところである。

昔はこやつとはまったく話が合わなかったが、今なら楽しい酒を飲めるであろうしな。

が、守護者を倒さねば目当てのものは取れぬゆえ、さっさとやらせてもらおうか。

酒を飲むための首もないようであるしな！　フハハハハ！

「フハハハハ！　さぁ掛かってくるがよい！」

我輩は拳を構えて前へと走りだす。

かつての我輩であれば、この魔王を前に尻込みの一つもしていたかもしれない。

親衛隊長は、それはもう強い男だった。特に一対一での戦いであれば、あのアトーフェすら凌ぐレベルだ。

アトーフェは体力無尽蔵の不死ゆえ、凌ぐに留《とど》まるが、それでも五大魔王最強の座をほしいままにしておった。

一目置かれていたのは間違いない。

文官であった我輩など、喧嘩《けんか》の一つもしたことはない。

すれば一瞬で吹き飛ばされておっただろうな。

しかしながら、我輩もあの日より今日に至るまで、鍛えに鍛えてきた。

闘神鎧を身につけた時の記憶を頼りに独自の武術を開発し、その武術を扱えるように筋肉を発達させた。

あのアトーフェのところに滞在し、アトーフェに毎日ぶん殴られたこともあった。

傍若無人に振る舞えるよう、我輩も努力してきたのだ。

まさか、お前にその成果を見せる日が来ようとはな、フハハハハ！

「うごっふ！」

などと意気込んで近づいていったら、拳でぶん殴られて吹っ飛ばされた。縦に三回転よ。

顔面は陥没だ。

まぁ、すぐ治るが。

「お、おい、大丈夫なのかよ！」

「フハハハハ！　大丈夫ではないな！　このままでは勝てん！」

即座に起き上がり構えるが、戦力差は歴然だ。

さすが、高位迷宮の守護者ということか、我輩の記憶にあるより強く感じる。

いや、もとよりこれぐらいはできたか。我輩がちょっとばかし鍛えて我流の武術で腕を磨いたところで、簡単には勝てぬ程度の差があったということなのだろうな。

「よ、よし、ならよく聞け！　そいつには弱点がある！」

「フハハハハハ！　嘘《うそ》をつけ！　こやつに弱点などあるものか！」

「そうらしいが、ヒトガミが言うには、そいつの弱点は、あんたが知ってる言葉なんだとよ！」

そう聞いて、奴へと向かう足を止めた。

止めた瞬間、剣の腹で殴られて後方へと吹っ飛ぶ。

吹っ飛びながら、考える。

言葉だと？　聞かせようにも奴に耳などついておらぬが？

「……ふむ！　なるほどな！」

しかし言葉か。

なるほど言葉。

確かに、我輩とこやつは、第二次人魔大戦において長いこと共に戦ってきた。

喧嘩こそしなかったものの、言葉は無論、交わした約束も多い。

守った約束もあれば、破った約束もまた多かった。

となると、ふむ……。

心当たりが多すぎるな！

「わからん！」

再び殴られる。

いや、殴られているわけではないな、これは。奴の剣がなまくらすぎて、我輩の体に通らんのだろう。

む、剣！　そういうことか！

「以前、貴様がキシリカに献上しようとしていた剣！　献上の前日に何者かによって折られていたと言っていたが……実はあの剣を折ったのは我輩なのだ！　すまぬ！　貴様がこれ以上出世するのが妬《ねた》ましく思ってな！　出来心であったのだ！　許せ！」

「ゴアアアアアアア！」

キレてしまった。

首もないのに、どこからか怒声まで出しおって。耳はなくとも言葉は聞こえるということか。

思い返せばコヤツの種族、耳は頭についておらなんだし、声も喉からは発しておらなんだか？

ともあれ、これではないか。

ふむ、我輩としては言い出せなくて申し訳なく思っておったのだが、まぁキシリカに剣を献上したところで、宴会芸に使われて折られるのが関の山であったろうから、あまり悔いはないか。

「もっとなんかあるだろうが！　知恵の魔王だろ!?」

「心当たりが多すぎて絞りきれん！」

「もう片っ端から言ってけよ！」

そうすることにした。

「憶えておるか！　かつて貴様の娘が――」

「ルソン島にて見つけた青く輝く馬！　あの時は――」

「コヒーバの丘にて人族の軍勢を打ち破った時には――」

しかし、言葉は何一つ通じなかった。

我輩が何かを言う度に、ことごとく剣が飛んできて、我輩は吹っ飛ばされた。

並の魔族であれば、百回は死んでいたかもしれない。

しかし、我輩も知恵の魔王と名乗り、知恵と知識に関しては一家言あるつもりであったが、よくもまぁ次々と思い出話が出てくるものであるな。

思い出しているだけで、かつての我輩に戻ったようで、ナーバスな気分になってくるわ。

「む？」

そんな思い出話が百を数えたあたりで、気づいた。

「お、おい、なんか動きが鈍ってねえか？」

鎧を軋ませ、剣を鳴らし、耳障りな音で動く守護者は、確かに動きに精彩を欠いていた。

我輩のどの言葉が効いたのかはわからぬが、どれかが正解であったらしい。

「よし、今だ！　畳み掛けようぜ！」

「……」

いや、違うな。

と、愚かな軍師であった我輩は、忠義者の守護者の姿を見て思う。

我輩の言葉は全て不正解であったのだろう。

守護者は我輩を見て、苦しそうにしている。

思い出話で、何かを思い出したかのように。

我輩の言葉は思い出話となり、我輩が敵でないことを、なんとなく悟ったのだろう。

自我を失ってなお、我輩に剣を向けるべきではないと、そう思ってくれておるのだろう。

なぜそこまで戦い続けようとするのか。

守護者だからというのもあるだろう。魔物とはそういう存在ゆえ。

しかし、きっと一つの心残りが、奴を守護者にしてしまったのであろうな。

ならば、掛ける言葉は一つよ。

「我ら魔族は敗北した。だが、魔族は滅びぬし、キシリカ・キシリスも健在である。いずれまた戦う日が来よう。今は鉾《ほこ》を収められよ」

守護者が動きを止めた。

そして、無言でゆっくりと膝をつき、前のめりに倒れた。

何かに満足するように。

ようやくこれで休めると言わんばかりに。

「迷宮の守護者になってなお忠義に縛られるとは、難儀な男であったな」

我輩も龍神との戦いの後、迷宮の主にならぬとよいが。

そう思いつつ、先へと足を進めるのであった。

★　★　★

迷宮の最奥には、キシリカが座っていた玉座があった。

今、その玉座に座るのは、一つの鎧だ。

美しい鎧であった。

造形はシンプルだ。

流線形の胴に、肩当て、腰鎧。

特別なものは何もなく、そこらの道具屋で粗雑に置かれている量産品と大差なくも見える。

しかし、実際に道具屋に置かれていたとしても、その一切の無駄がないデザインは、目を引いただろう。

その上、何の金属で作られているのか、黄金に輝くそれは、暗がりにおいてほのかに発光していた。

無駄のなさと黄金の輝きは、見る者全てを魅了する神々しさを放っていた。

前に見た時より、やや小さいか。

いいや、大きさはきっと変わってなどいない。

我輩がそれを初めて見た時には、その神々しさゆえに大きく見えていたのだろう。

もっとも、今の我輩の目には、それは禍々《まがまが》しくすら映ったが。

「こ、これが闘神鎧か……す、すげぇな。見るだけでとんでもねぇ代物だってのが伝わってくるぜ」

「触ってはいかんぞ。取り込まれる」

「お、おう……」

手を伸ばしかけたギースを制止すると、おっかなびっくり手を引っ込めた。

「フハハハハ！　嘘だ！　触っただけでどうにかなるものか！」

「お、脅かすなよ……でも、正直触っただけでどうにかなっちまいそうだ……」

闘神鎧。

魔龍神ラプラスの作り上げし最強の鎧。

触っただけでどうにかなるものではないが、身につけた者を闘争へと駆り立てる呪われた鎧よ。

かつてのことを思い出すだけで、我輩の肌にブツブツができそうだ。

「ギースよ」

「なんでぇ？」

「この鎧を身につけて後、我輩は自分がどうなるかわからぬ」

「……」

「なんとか、自我を保てるよう気合を入れるが、それも時間の問題よ。いずれ自我を失おう。万が一の時は……」

「万が一の時？　おいおい、お前、俺に何かできるとでも思ってんのか？」

「いやなに、敵の場所まで連れていってくれればよい。さすれば我輩がなんとかしよう」

「ま、それぐらいならなんとかならぁな」

「フハハハハハハ！　頼んだぞ！」

「さて、ちょいと時間はかかったが、これで戦力は整った。勝てるはずだ。冥王が撹乱《かくらん》し、剣神と北神と鬼神で露払《つゆはら》い、最後に闘神を龍神にぶつけりゃあ、こっちの勝利は揺るがねえ」

ギースは、満足げにそう言った。

よかろうよかろう！

「では、奴らに四千二百年ぶりの我輩の本気というものを見せてやろうではないか！」

「っしゃぁ！　頼んだぜ旦那！」

「フハハハハハハ！」

「ハハハハ！」

ギースのホッとしたような笑いが、かつてのキシリカの玉座の間にこだました。

★
★
★

「意気込んでるとこ悪いんだけどさぁ、時間切れだよ」

そうして意気込んで帰る途中で見た夢で、我輩はヒトガミに煽《あお》られるのであった。愉快。

それにしても、ここは不思議な場所であるな。

白く、何もない場所だ。

かねてより不思議だったが、ここはいったいどこなのだろうな。夢の中だからと片付けるにしては、毎度同じ場所であるし、聞くところによると、他の者もここで貴様と話すらしいが。

「チッ、どうでもいいだろそんなこと。不愉快だなぁ」

まぁまぁ、落ち着けヒトガミよ。

唐突に時間切れと言われても、なんのことやらわからぬ。

知恵の魔王といえど、知識がなければ考えることもできぬ。

「冥王ビタは初手でやられた。それを知った剣神と北神が先走って突っ込んだ。鬼神もそれに加勢したけど、アトーフェが増援に来て鬼族《おにぞく》を人質にとって引いた」

ふむ……。

つまり、全滅であるな。

「お前たちが迷宮なんかにこんなに時間をかけたせいだ。グズが。あんな迷宮さっさと攻略しろよ。

何やってんだよ。ギースもギースだ。あれだけ大口叩《たた》いて、この結果かよ。期待した僕がバカだった」

フハハハハ、なるほど。

用意した戦力がダメになったから、そうやってふてくされているわけか。

神といっても、所詮《しょせん》は人なのであるな。

「なんだと？」

策というものは、大抵予定通りにはいかぬものよ。

そもそも、剣神と北神など、見るからに先走りそうだったではないか。特にアレクなど、昔から待てのできん子供であったからな。予定通りではないにしろ、予想はできたであろう。

おっと、未来予知に頼った貴様は予想が不得手であったな。

こんなこと、よくあることよ。

「……はぁ？」

フハハハハ！　いちいち不機嫌になっては事を仕損じるぞ！

しかし、貴様のそのような顔を見るのは新鮮で逆にいいな！　うむ！

かつての我輩であれば、その顔を見れば不安で心が揺れ動いたであろうが、今は好意で助力している身であるからして、何も恐れることがないしな！　フハハハハ！

「いい加減にしろよ。確かに僕は君の未来は見えないけど、君が見えないところで君の大事なものを失わせることだってできるんだからな」

大事なものの内容を具体的に言えないところが貴様の限界よ。

「魔界大帝キシリカ・キシリス」

おっと……確かにそやつに手出しをされるのは、我輩としてもあまり好ましくないな。

まぁ、そう本気に取るな。

こんなもの、味方同士につきものの軽口よ。

そう、我輩と貴様は今は盟友。共に戦う同胞よ。

味方に不機嫌をぶつけたところで、士気は下がるばかりであるぞ？

士気を下げたくなくば、敗北が確定してもいないのに、余裕のないところを部下に見せるものではない。

「敗北が確定していないって？　集めた仲間の大半がやられて、もう君しか残っていないのに？」

おうとも。

まだ決まっておらん。なにせ我輩とギースが残っておるしな。

「まだできることがあるっていうのかい？」

うむ！　策というものは、常に二手三手先を考えておくものよ。

剣神とアレクの馬鹿が先走ると予想できていた我輩とギースには、次の策が残っておる。

「その次の策で、必ず勝てるって？」

フハハハハ！　だから言っておるではないか！

必ず勝てる、などということは存在しないのだ！

ついでに言えば、最初の策が完全勝利を目指すものであれば、次の策はそうではない。

次善策というものは、最善の次に良いものであるからな！

「イライラさせるなよ。結局どうなんだよ。勝てるのか、勝てないのか」

完全勝利とまではいかずとも、勝利条件は達成できるであろう。

「……だったらいいけど」

まぁ、もし次の策がなかったとしても、我輩は全力で戦うだけだがな。

「それじゃ、意味ないだろ」

フハハハハ！　それだから貴様は今回、こうなっておるのだ！

「……どういう意味だい？」

ギースは貴様のために全力を尽くす。

我輩も貴様のために全力を尽くそう。

冥王はよく知らんが、全力を尽くしたとしよう。

しかし、剣神と北神はどうだ？　鬼神は？

剣神と北神は先走った。だが奴らが全力で貴様に尽くしておったなら、貴様と、貴様が信頼する我らを信頼していたら、どうであったと思う？

冥王がやられたと聞いて、焦って突っ込むことはなかったのではないか？

鬼神《きしん》は鬼族《おにぞく》を人質に取られたと言っておったな。

鬼神の役割は鬼族を守ること。鬼族の長としての役目である。であれば、人質を取られれば、当然そちらを優先せざるを得ない。

だが、奴が全力で貴様に尽くそうと考えたなら、どうだ？

最初から鬼神という立場を捨て、一介の戦士として戦ってくれたのなら、人質を取られてもなお止まらずに戦い続けたのではないか？

「……そんな、たらればの話をされてもね」

フハハハハ！　人生は常にたらればよ！　そしてたらればを現実のものとするために、人は人のために尽くし、無償で誰かを助けるのよ！　それがわかっている者ほど、他人に優しくしておる！

他人のために動いておる！

そう、それこそルーデウス・グレイラットのようにな！

「僕に、彼のマネごとをしろとでも？」

我輩の言葉をどう受け取るかなど、我輩の知ったことではない。

だが最後に、我輩から貴様に助言をしてやろう。

いつも助言してもらってばかりで悪いしな！　知恵の魔王として、たまにはお返しをしてやろうではないか！

「余計な――」

この戦いでギースと我輩は死ぬであろう。

だが、戦いは続くであろう。

ギースと我輩が勝っても、それで戦いが全て終わるわけではない。貴様は未来が見えるから、最後に自分が笑っている未来が見えれば、それで勝ちだと思っているのだが、今後も貴様のその輝かしい未来を脅かす者は現れるだろう。

最後に笑いたくば、人の心に気を配るがよい。

「人の心だって？　そんなバカバカしいものに――」

ではさらばだ！

フハハハハ！

フハ、フハ、フハーハハハハハハハ！


笑い声と共に、我輩の意識は消えていくのであった。

間話「僕は英雄になりたかった」

幼い頃から、英雄になるのが夢だった。

原因となったのは、やはり父と祖母の昔話からだろう。

父から聞かされたのは、知られざる勇者『北神カールマン』の伝説。

祖母から聞かされたのは、恐怖の魔王『アトーフェラトーフェ』の伝説。

総合して言えば、勇者と魔王の話だ。

曰《いわ》く、魔王とは生まれた時から強く、支配する側で、暴虐であることを許される者。

勇者とは生まれた時こそ弱いものの、数々の試練を乗り越えて、暴虐なる魔王を打ち倒す者。

そんな理想の関係を体現したのが、『北神カールマン』と『アトーフェラトーフェ』の関係である。

父は、そんな勇者と魔王の関係がいかに尊いものかを語ってくれた。

父の語る勇者『北神カールマン』は、決して強い存在ではなかった。

人より多少腕が立ち、独自の流派を開発したものの、それでも『凡百の戦士のうちの一人』でしかなかった。

それでも平和のため、勝てる要素のない戦争に挑んだのは、そういう時代だったからだ。そうしなければ生きられなかったのだ。

彼は最後の決戦に挑み、生き残ったから、英雄と呼ばれているにすぎない。

死んでいれば、名前は忘れ去られていただろう。

けれどもあの戦いは、ラプラス戦役は、生き残ることすら偉業に数えられるほどの戦争だった。

それだけ、多くの人間が戦いに参加し、無残に死んでいった。

人族も獣族も長耳族《エルフ》も炭鉱族《ドワーフ》も小人族も魔族も、例外なく死んでいった。

だから生き残った者は全員が偉大だった。そう、父は語っていた。

生き残るだけでも、力と知恵を駆使しなければいけない時代だったのだ、と。

祖母もその意見には賛成なようだった。

なにせ祖母はその戦いで死ぬことすらなかったものの、途中で封印されたのだから。

そんな時代において、戦争を終わらせるほどの偉業を成し遂げた者を英雄と言わずして何と言うのかと、父は熱く語っていた。

けれど僕が好きだったのは、それとは違う話だった。

同じ名前の、違う英雄の話。

『北神カールマン二世』の話だ。

二世は北神カールマンという、本当の勇者の名を世界に轟《とどろ》かせるために旅立ち、世界中で人を助け、強大な敵を打倒した。

その存在は、決して正義ではなかった。

人を助けたいという意思や、悪を根絶させたいという意思があってのものではなかったからだ。

結果として、人を助け、国を助け、多くの人間から感謝されたが、それだけだ。

ただ、北神カールマンの名を……ひいては自分の強さを誇示するためだけに、彼は戦った。

彼には戦わなくてはならない理由はなく、倒すべき魔王もいなかった。

自分のためだけに戦い、そして最強の称号を手に入れた。

そう、一時期において、北神カールマン二世の名は、間違いなく最強を表すものだった。

それだけのことを、やってのけたのだ。

だから僕は思うのだ。

彼こそまさしく英雄だ、と。

彼がこの世で一番かっこいい、と。

だから僕はそれに憧れたのだ。

父は、『二世』のようになってはならないと言ったし、その逸話もあくまで僕が喜ぶからという理由で話してくれただけで、ちっとも自慢げじゃなかった。

むしろ、『一世』の方を、父は強く推していた。

本当に凄《すご》いのは、本当に尊いのはこっちなんだよ、と。

でも僕の心に響いたのは、『二世』の方だった。

自分もそうありたいと思ったのは、『二世』の方だった。

寝る前のベッドの中で夢想するのは、二世のように英雄を目指して戦い、やがて英雄になった自分の姿だったのだ。

夢想が現実に近づいたのは、自分の才能に気づいてからだ。

僕には、剣術の才能があった。

自分で、「ああ、自分には才能があるんだな」とわかるぐらい、剣術のことが理解できた。

だから、『二世』を超えられると、根拠なく思った。

できるはずだった。

そのための努力もしたし、ポテンシャルだって十分にあった。

けど、なんでこうなったんだろう。

今、僕の視界は完全に暗闇に閉ざされている。

全身は強い圧迫感で包まれ、耳は手で蓋《ふた》をした時のような音が鳴り響いている。

手足はピクリとも動かず、意識も朦朧《もうろう》としている。

それどころか、圧迫されて体が痛い。

あるいは僕でなければ、すでに押し潰《つぶ》されて死んでいたかもしれない。

何もできない。身じろぎすらできない。息苦しいが、僕の体は頑丈で、この程度では死なないのがわかってしまう。

身動きができないせいか、思考だけは止まらなかった。

かつて祖母に、封印されていた時の話を聞いたことがある。

祖母は粗暴な性格な上、そう簡単に死なない種族であったため、これまで何度も封印されていたらしい。

父は僕を躾《しつ》ける時、悪い子でいると封印されてしまうよとよく言って、祖母に封印されていた時の話をさせた。

祖母は苦々しい表情で、その時のことを話してくれた。

祖母はさほど話がうまくなかったが、体の自由は利かなくなり、言葉も発することができなくなり、思考も鈍り、普段の暴れだしたくなるような衝動を無理やり押さえつけられるのだと話してくれた。

とても、屈辱的だった、と。

きっと、僕の今の状況に似ているのだろう。

僕は、負けた。

龍神オルステッドの配下、『泥沼のルーデウス』に。

負けるわけがない相手だった。

ルーデウスは逃げ腰で、引け腰で、弱腰な、ネズミみたいな相手だった。

安全策に安全策を重ね、勝負に出られないタイプ。

自分を賢いと勘違いした、小賢《こざか》しいだけのタイプ。

自らの策を過信しすぎて、策に溺れて死ぬタイプ。

……いや、それは違うか。

彼は確かに逃げ腰だったが、覚悟がないわけじゃなかった。

最後にはちゃんと、覚悟を見せた。

勝負に出てきた。

僕と彼の一対一。僕は重傷を負っていたが、それでも僕に分があった。それは彼もわかっていたはずだ。

でも前に出てきた。

確実に仕留めるために、自分が死ぬであろう間合いまで踏み込んできた。

僕は、彼がそれをできる男だと思っていなかった。

見誤った。だから、負けた。

認めなければいけない。

ルーデウス・グレイラット。

彼は戦士だ。

あるいは、本当の英雄というものは、彼みたいな奴のことを言うのかもしれない。

どこか臆病で、人に助けてもらわなければ生きていけないような存在だ。

小難しい作戦を山ほど練り、小ネズミのように逃げ腰でチョロチョロと立ち回りはするものの、
その臆病さの奥底には、勇敢さを隠し持っていた。

勝ち目のない相手に、全力で挑みかかる気概を持っていた。

そう、まるで『一世』のような。

……そうだな。

僕は強さというものに関して、少し勘違いしていたのかもしれない。

英雄というものは、ただ強ければいいと思っていた。

でも強いというのは、どういうことだろうか。

自分より弱い相手と戦い、勝ったところで、それは強いと言えるのだろうか。

僕は『二世』を超えられる。

歴代最強の『北神カールマン』になれる。

それは間違いない。できると確信している。

けれど、だからなんだというのだろう。

できると確信しているものができたからって、何になるんだ？


そうだ、真の英雄は、勝てるかどうかわからない戦いに挑まなければならないんだ。

無理難題をこなしてこその英雄なんだ。

北神カールマン一世が、魔王アトーフェラトーフェを改心させたように。

北神カールマン二世が、世界各地で人智《じんち》の及ばぬ難敵を討伐したように。

泥沼のルーデウスが、北神カールマン三世を倒したように。

一見するとできそうにないことを成し遂げなければならないんだ。

うん。そう、だから僕はルーデウスに敗北したんだ。

今回は彼が勇者で、僕が魔王だった。

歴代の魔王がそうであったように、勇者を見くびり、勇者の仲間を舐《な》めくさり、全力を出し切ることができず、倒された。

ルーデウス・グレイラットは勇者で、英雄だ。

実際に目の当たりにすると情けなく、小物感が拭《ぬぐ》えない男で、見下してしまいそうになるが、為《な》したことは偉大だ。

後の世では英雄として語られるだろう。

僕は彼を見誤った。

彼に勝つためには、最初から全力で潰しにいかなければいけなかった。

次の戦いこそが本当の戦いだから、本気を出さずにチャチャッと片付けよう、なんて考えている場合ではなかった。

わかっていたはずだ。そうして負けてきた魔王の話は、子供の頃から何度も聞いてきたんだから。

なんでそんな簡単なことを忘れていたのだろうか。

少し前の自分をぶん殴ってやりたい。


僕は間違っていた。

だから、こんなところで動けなくなっている。


……ここで、死ぬのだろうか。

僕は祖母の血を濃く継いでいるのか、体が頑丈だ。

こうして土砂に埋められていても、そう簡単に潰れたりはしない。

けど、祖母のように不死身じゃない。こうして動けない状態が続けば、いずれ死ぬだろう。餓死《がし》か何かで……。

これが、油断した者の末路だろうか……。

「死にたくない……」

敗北の結果、死ぬのはいい。戦いとはそういうものだから、納得できる。そういう覚悟もしてきたつもりだ。

でも、それは全力で戦っていればの話だ。

僕は全力を出していない。本気じゃなかった。

そう、本気じゃなかったんだ。間違ったんだ。

次は間違えない。次は手を抜かない。ちゃんと最初から最後まで全力で戦う。

勇者らしく、英雄らしく、北神カールマンの名にふさわしく、全ての戦いで死力を尽くす。

そう剣に誓おう、神に誓おう、偉大なる祖父、北神カールマン一世に誓おう。

だから、どうか、誰か、もう一度チャンスをください。

ただひたすら、そう願い続けながら、僕の意識は次第に薄れていった……。

キャラクターデザイン案
ルーデウス
最新装備

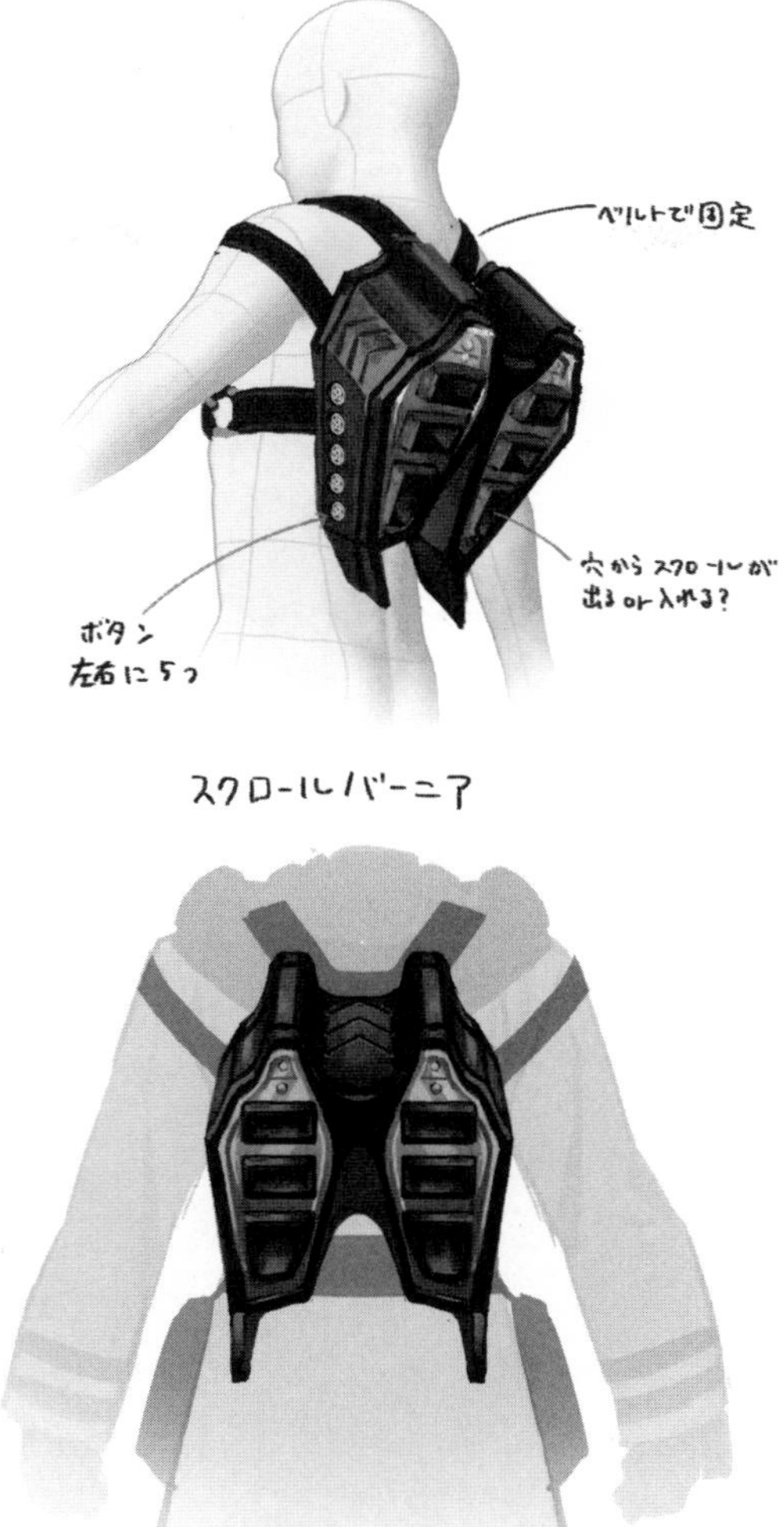
ベルトで固定
穴からスクロールが
出るor入れる?
ボタン
左右に5つ
スクロールバーニア

キャラクターデザイン案
エリス

ルーシー

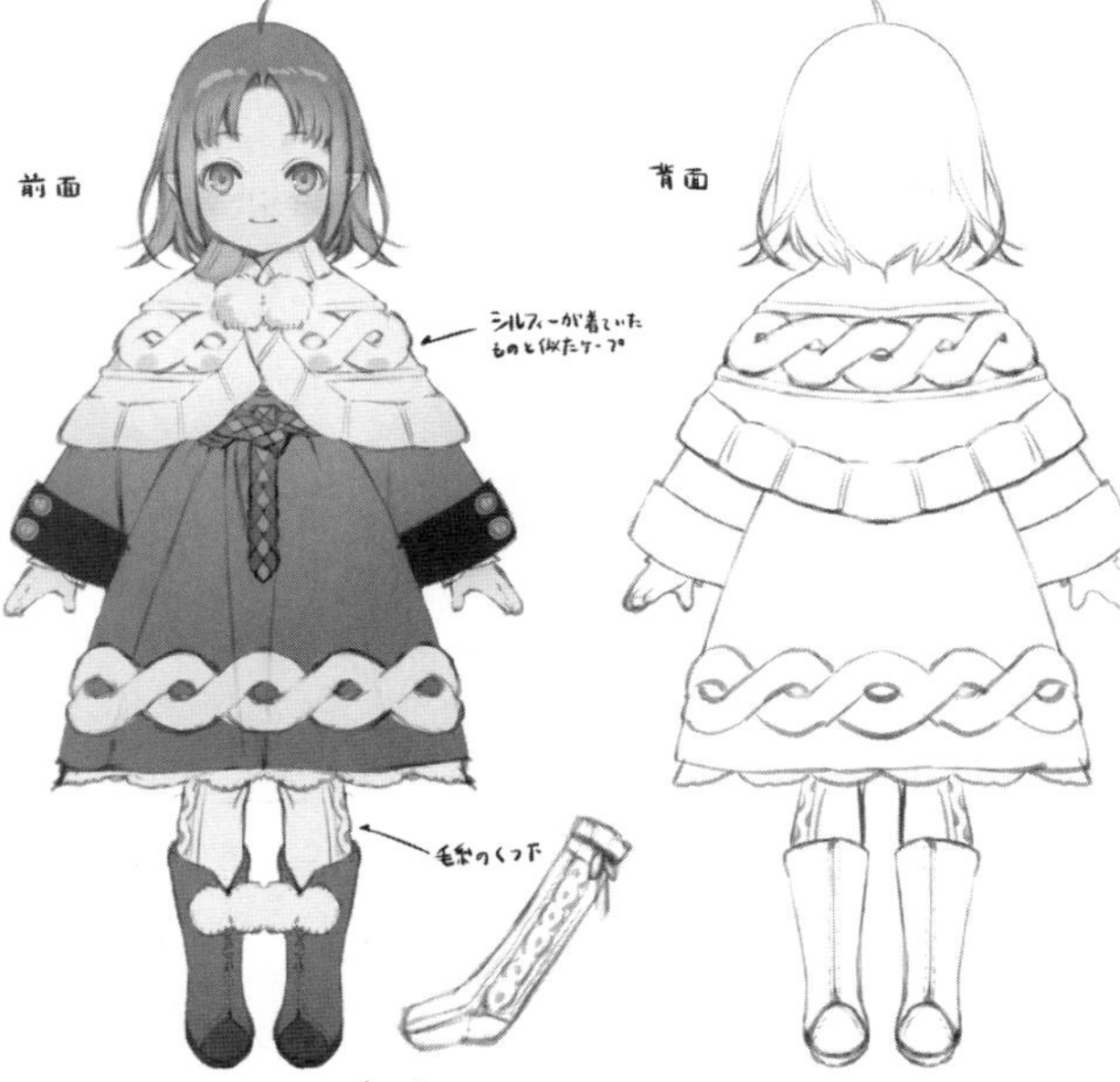

ケープなし

キャラクターデザイン案
ルーシー

キャラクターデザイン案

ノルン

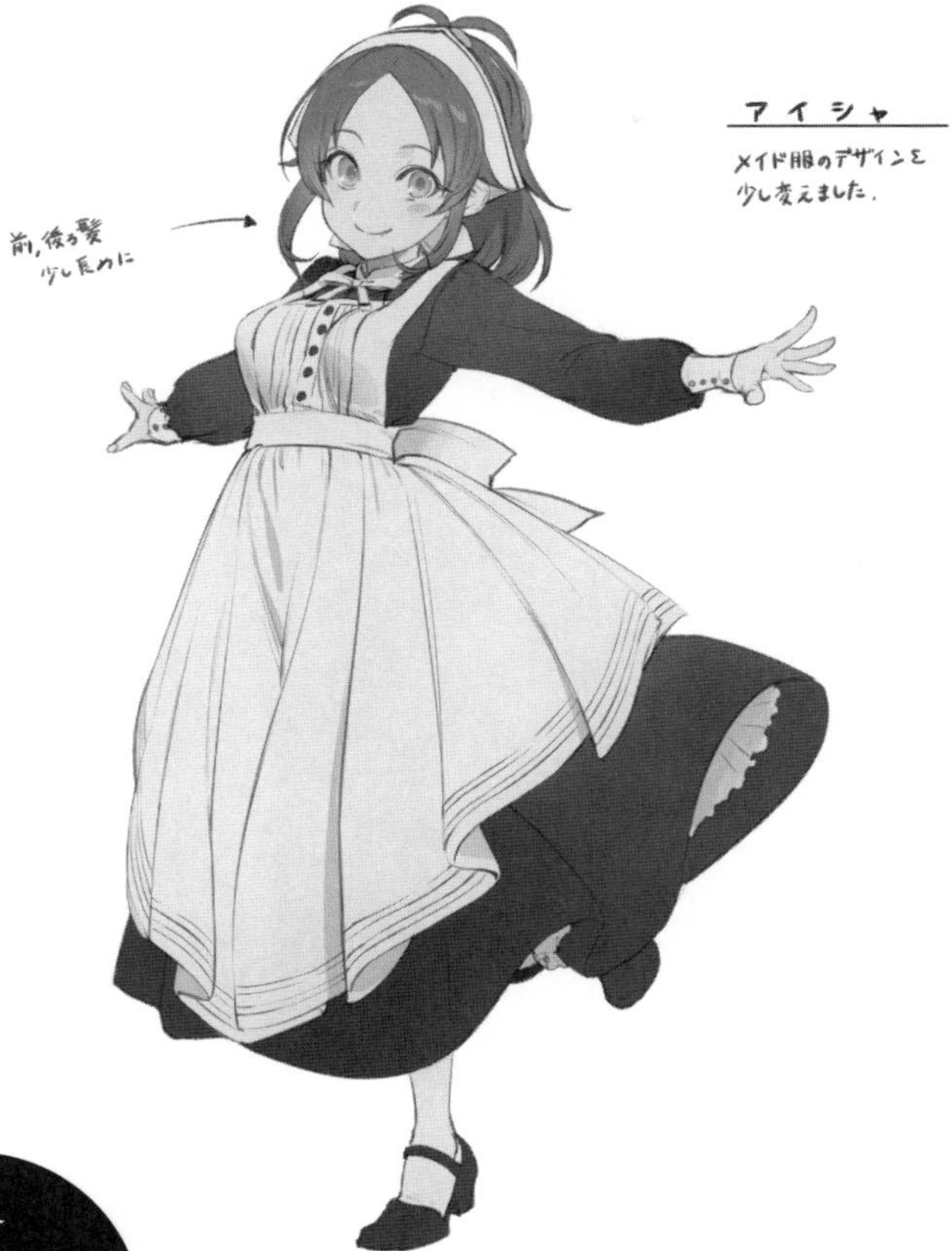
アイシャ
メイド服のデザインを
少し変えました。
前、後ろ髪
少し長めに

キャラクターデザイン案

アイシャ

ドーガ

戦斧

顔

①

②

キャラクターデザイン案

ドーガ

キャラクターデザイン案

シャンドル

キャラクターデザイン案
アレク

キャラクターデザイン案
ガル・ファリオン

剣神

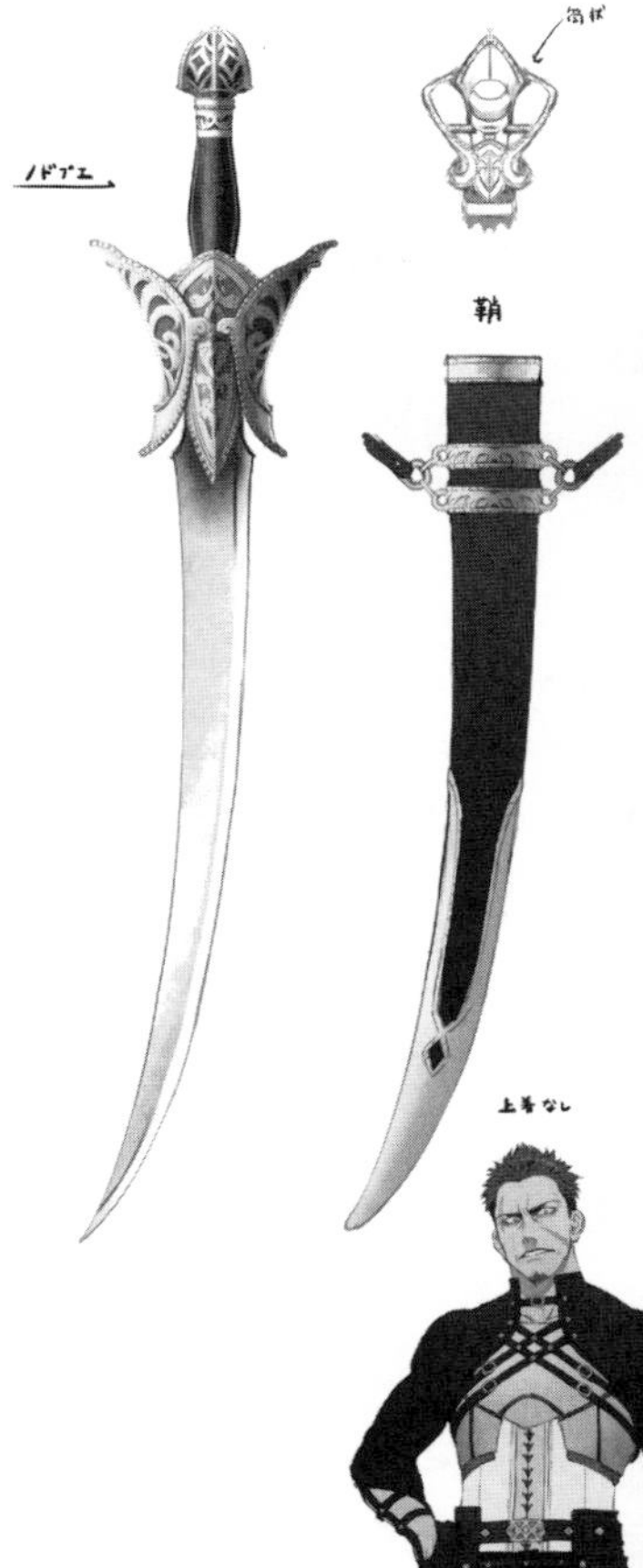

上着なし

キャラクターデザイン案
マルタ

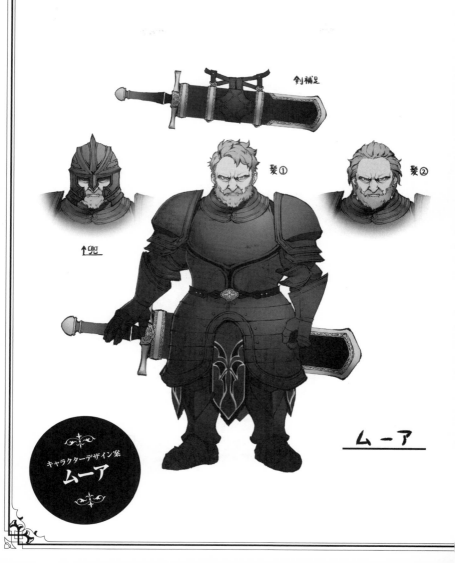

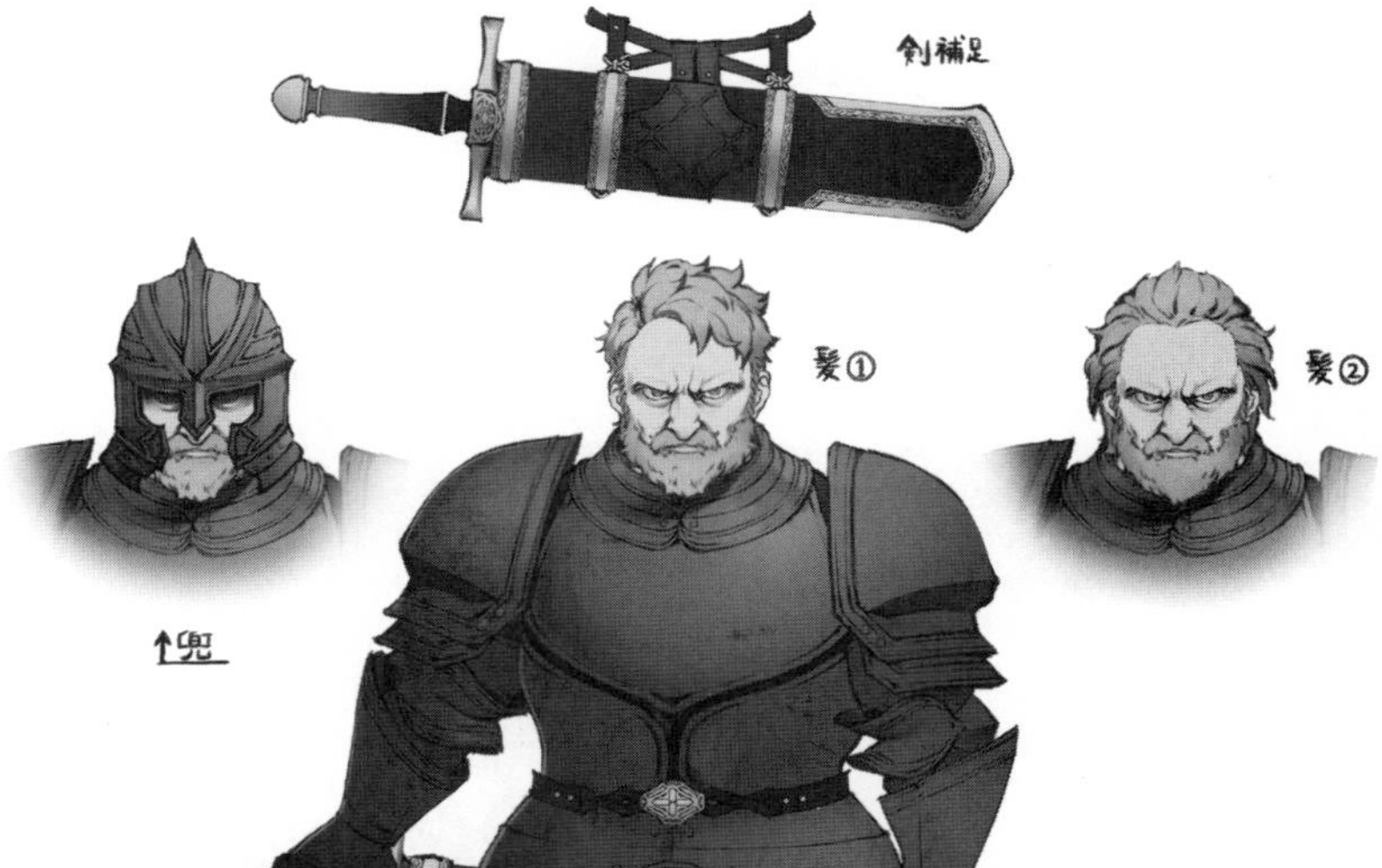

キャラクターデザイン案
ムーア

MFブックス

無職転生 ～異世界行ったら本気だす～ 25

2021年9月25日 初版第一刷発行

著者　理不尽な孫の手
発行者　青柳昌行
発行　株式会社KADOKAWA
〒102-8177 東京都千代田区富士見2-13-3
0570-002-301（ナビダイヤル）
印刷・製本　株式会社廣済堂

ISBN 978-4-04-680509-6 C0093

企画　株式会社フロンティアワークス
担当編集　今井遼介／大原康平（株式会社フロンティアワークス）
ブックデザイン　ウエダデザイン室
デザインフォーマット　ragtime
イラスト　シロタカ

本シリーズは「小説家になろう」（https://syosetu.com/）初出の作品を加筆の上書籍化したものです。
この作品はフィクションです。実在の人物・団体・事件・地名・名称等とは一切関係ありません。

ファンレター、作品のご感想をお待ちしています

宛先
〒102-0071 東京都千代田区富士見2-13-12
株式会社 KADOKAWA　MFブックス編集部気付
「理不尽な孫の手先生」係「シロタカ先生」係

二次元コードまたはURLをご利用の上
右記のパスワードを入力してアンケートにご協力ください。

https://kdq.jp/mfb
パスワード
y2cvz

● PC・スマートフォンにも対応しております（一部対応していない機種もございます）。
●お答えいただいた方全員に、作者が書き下ろした「こぼれ話」をプレゼント!
●サイトにアクセスする際や、登録・メール送信時にかかる通信費はご負担ください。

アンケートに答えて著者書き下ろし「こぼれ話」を読もう！

「こぼれ話」の内容は、
あとがきだったり
ショートストーリーだったり、
タイトルによってさまざまです。
読んでみてのお楽しみ！

よりよい本作りのため、
読者の皆様のご意見を参考にさせて頂きたく、
アンケートを実施しております。
ご協力頂けます場合は、以下の手順でお願いいたします。
アンケートにお答えくださった方全員に、
著者書き下ろしの「こぼれ話」をプレゼントしています。

この二次元コードから
アンケートページへアクセス！

https://kdq.jp/mfb

このページ、または奥付掲載の二次元コード（またはURL）に
お手持ちの端末でアクセス。

↓

奥付掲載のパスワードを入力すると、アンケートページが開きます。

↓

最後まで回答して頂いた方全員に、著者書き下ろしの「こぼれ話」をプレゼント。

- PC・スマートフォンに対応しております（一部対応していない機種もございます）。
- サイトにアクセスする際や、登録・メール送信時にかかる通信費はご負担ください。

MFブックス　http://mfbooks.jp/